愛の渇き

愛的饑渴

三島由紀夫

唐月梅 譯

一

這天，悅子在阪急百貨公司買了兩雙再生毛襪子。一雙深藍色，一雙咖啡色。都是樸素、單色的襪子。

即使來到大阪，她也是在阪急電車終點站的百貨公司採購完就立即乘電車往回走。沒有看電影，也沒有進食，連茶也沒喝。沒有什麼比市街的雜沓令悅子更厭煩的了。

要是想去，可以從梅田站的樓梯走到地下，搭地鐵出心齋橋或道頓堀，那也不費事。或者一步出百貨公司、穿過十字路口，就接近大都會的熱鬧區，繁華的浪潮逼近。路旁擦皮鞋的少年連聲大喊：「擦皮鞋！擦皮鞋！」

生長在東京的悅子，不知道大阪城市的模樣，她對這城市——紳商、流浪者、廠長、股票掮客、街娼、鴉片走私販、職員、地痞、銀行家、地方官、市議會議員、唱淨琉璃[1]的、做妾的、拘謹的人妻、新聞記者、曲藝藝人、女侍、擦皮鞋的——抱有一種無以名狀的恐懼

1 以三弦琴伴唱的日本說唱曲藝。

心理。其實，悅子害怕的，也許不是城市，而只是生活本身？生活是沒有邊際、浮滿各種漂流物、變化無常、暴力，但總是一片澄明湛藍的海。

悅子把印花布購物袋大大打開，將買來的襪子放進袋子的最底下。這時，閃電從敞開的窗門擊打而過；接著，響起了震耳的雷鳴，把賣場的玻璃櫃震得微微顫動。風呼嘯地席捲進來，將上面貼著紙、寫著「特價商品」的小立牌颳倒了。店員們跑去把窗戶關上。室內昏黑，賣場在白晝也一直開著的電燈，感覺忽然更亮了。不過，似乎還不會下雨。

悅子將購物袋穿過手腕，她不顧購物袋彎曲的竹圈從手腕滑到手肘，依然雙手捂著臉頰。顯然是發燒了。這種情況很常見。沒有任何理由，當然也沒有任何病因，雙頰就突然間像著了火似的發燙。本來她的手掌就纖弱，現在起了水泡，曬黑了，身體底子留下的纖弱，反而使手掌顯得更粗糙了。雙手觸及熱燙的臉頰時，更覺自己的雙頰在發熱。

此刻，她感到似乎什麼事都可以做。她穿越十字路口，筆直地走，猶如走在游泳池的跳台上那樣，覺得彷彿可以跳進市街的中心。這麼一想，悅子的視線便穿過賣場之間，落在雜亂而又不動的人流上，倏然地沉湎在高速的幻想中。這個樂天的女子，缺乏幻想不幸的天分。她的怯懦，都是由此而來。

……是什麼給了她勇氣呢？是雷鳴？是剛買來的兩雙襪子？悅子急匆匆地穿過人群，向台階走去。台階上人潮眾多。她下到二樓。爾後，又下到靠近阪急電車售票處的一樓大廳。她望了望戶外。在這一、二分鐘內，驟雨沛然降下。彷彿早就下了，人行道已經變得濕漉漉的，猛烈的雨水四處飛濺。

悅子走近出口。她恢復了平靜，安心下來，感到像輕微暈眩的疲倦。她沒帶雨傘，不能走到外面……不是不能走，而是沒這個必要。

她站在出口一側，想看看雨戛然而止的市內電車、路標和馬路對面成排商店的情景。但是，雨水飛濺到她所在的地方，濡濕了她的衣服下襬。出口處一陣喧囂聲。有的男人把皮包頂在頭上跑了過來。洋裝打扮的女人用頭巾遮住秀髮跑來。他們簡直像是衝著悅子、為著悅子集合來的。唯有她一人沒有淋濕。四周站滿了職員模樣的男男女女，都像是落水的老鼠，有的在抱怨，有的在說笑，他們對著剛才自己跑過其中的大雨，都帶著幾分優越感，暫時無語地一起看向下著豪雨的天空。悅子的臉，也夾雜在這些濡濕了的臉中，仰望著雨空，雨彷彿從奇高的天空直線地瞄準這些臉，秩序井然地灑落下來。雷鳴漸漸遠去。唯有暴雨的聲響使人耳朵發麻，心靈顫抖。偶有劃破雨聲、疾馳而過的汽車喇叭聲、車站擴音器撕裂般的廣播聲，但都遮蓋不過雨聲。

悅子離開避雨的人群，排在售票口前長且彎曲、無言的行列後面。

阪急寶塚線上的岡町站，距梅田約三、四十分鐘的路程。快車不停這個站。豐中市迎來了因蒙受戰爭災難而從大阪遷來的無計其數的人，並在市郊興建了許多府營住宅，人口比戰前增加了一倍。悅子居住的米殿村也位於豐中市內，隸屬大阪府。嚴格地說，不是農村。

儘管如此，如果要買點物美價廉的東西，必須花上一個多小時前往大阪購買。今天是秋分的前一天，她打算買些柚子供奉在丈夫良輔的靈前，這是他生前所愛吃的水果。不巧，在百貨公司的水果賣場，柚子已經售完。她本來無意到百貨公司外面購物，不知是受到良心的譴責，還是什麼莫名的衝動，她下定決心到市區繁華街去；就在那時，她被雨攔下了。僅此而已。除此之外，理應不會有別的什麼事。

悅子搭上開往寶塚、站站皆停的慢車，坐在席位上。車窗外，雨下個不停。站在她面前的乘客攤開了一份晚報，油墨味把她從沉思中喚醒。她掃視了自己周圍，彷彿做了什麼虧心事似的，其實什麼事也沒有。

列車員吹響的哨音在戰慄，漆黑而沉重的鎖鏈互相碾軋，電車不斷地重複這些單調的動作，一站又一站頗費力氣地行進著。

雨過天晴。悅子轉過頭去，凝視著從雲隙間射出來的幾道光束。那亮光恍如伸出來的潔白而無力的手，落在大阪郊外住宅街的村落上。

悅子邁著孕婦般的步伐，好像有點誇張的走法，她自己並沒有意識到這一點，也沒有人提醒她注意改正。這種步法，像淘氣的孩子在朋友後頸悄悄地掛了一張紙條，成了她被迫接受的一種標記。

從岡町站前經過八幡宮的牌坊，再穿過小都市零售雜貨的繁華街，好不容易才來到屋宇稀疏的地段。由於她步伐緩慢，暮色已經籠罩著悅子了。

府營住宅的家家戶戶都點燃上燈火。這是屋宇無數、同樣形式、同樣窄小、過著同樣生活、同樣貧困的殺風景村落。通過這兒的路是條捷徑，悅子卻總是迴避，否則難免會清楚地窺見這些屋宇的室內、便宜貨的食櫥、矮腳飯桌、收音機、棉紗座墊，有時放眼所及的每個角落，貧窮的伙食、濃重的水蒸氣，樣樣都使她十分惱火。她的心大概只對幸福有發達的想像力，她不願意看見這些窮困，只想瞥見幸福。

道路昏暗，蟲聲四起，四處的水坑映現著垂暮的殘照。左右兩側是稻田，稻穗隨著帶幾分濕氣的微風在搖曳。黑暗包圍著的稻浪翻滾起伏的田地及低垂的稻穗，看起來不像白晝成熟稻子的輝煌，倒像是聚集了無數失魂落魄的植物。

悅子繞著農村特有、寂寞而無意義的彎曲道路，來到小河畔的小徑上。這一帶已屬米殿村的地域。小河與小徑之間是連綿不斷的竹林。從這地方到長岡因盛產孟宗竹而聞名。竹林盡頭就是跨過架在小河上的木橋的小徑。悅子越過木橋，從原先是佃戶人家的前面走過，穿越楓樹和果樹叢，再登上被茶樹籬笆圍著的迂迴而上的台階，就是杉本的邸宅，乍看像幢別墅似的，其實只是由於主人周全的節儉精神，在這麼一個不顯眼的地方、使用廉價木材修建的缺乏雅趣的房子罷了。悅子打開內玄關的拉門，裡屋傳來小姑淺子與她孩子們的笑聲。

孩子們又笑了。為什麼笑得那麼開心？不能讓他們旁若無人地笑下去……悅子只是這麼想，沒有下決心要阻止他們。她把購物袋放在門口的木板地上。

昭和九年（一九三四），杉本彌吉在米殿村購置了一萬坪[2]的土地。這是五年前他從關西商船公司退休時的事。

彌吉出身於東京近郊的佃農家庭，他發奮讀書，大學畢業後進入當時坐落在堂島的關西商船大阪總公司，娶了東京的妻子，大半生都在大阪度過，但是他讓三個兒子都在東京接受教育。一九三四年他任專務董事，一九三八年任社長，翌年退休。

杉本夫婦偶爾前往墓地為故友掃墓，兩人被圍繞著名為服部靈園的市營新墓地那優美的土地起伏所吸引，向人打聽，才知道這兒叫米殿村。於是他們物色了適合闢為含概竹林和栗林的斜坡果樹園的一片土地，在昭和十年（一九三五）蓋了簡樸的別墅，同時委託園藝家栽植了果樹。

然而，這裡沒有像妻兒所期待那樣、成為名副其實的別墅並過著悠閒生活的根據地，只成了週末度假的落腳處，他每週攜帶家眷乘車從大阪來到這裡，欣賞日光和以整理田地為樂，如此而已。長子謙輔是個懦弱的文藝愛好者，對健全的父親這種趣味竭力唱反調，心裡也懷著輕視。結果總是被父親強行拽來，無奈地與弟弟們一起揮鋤耕作。

大阪的實業家中，秉性吝嗇、具有京阪式生活力和表裡一致、有著快活的厭世哲學本質的人，為數不少是在土地便宜、應酬花費不大的山間窮鄉僻壤建造屋宇，以打理田地為樂，而不在著名的海濱或溫泉勝地修建別墅。

杉本彌吉退休後，便把生活據點移到米殿來了。究其語源，米殿大概是米田的意思。太古時代，這裡似乎是淹沒在大海中，如今土地相當肥沃，一萬坪土地出產各種水果和蔬菜。

2　日本的土地面積單位，一坪約等於三點三平方米。

佃農一家和三個園丁協助這個業餘園藝家耕作，數年後杉本家的桃子甚至成了市場上特別珍貴的品種。

杉本彌吉是冷眼看待戰爭而生活過來的。他想：這是獨具一格的冷眼相待法，城裡的那些人沒有先見之明，只好過著忍受配給品、不得不買高價黑市米的日子；而我有先見之明，才能這樣悠然自在地過著自給自足的生活。就這樣，他把一切都歸功於先見之明，連不得已從公司退休的事，也覺得是有先見之明的緣故。從他的神情來看，他彷彿把退休企業家不得不經歷的那種痛苦和倦怠、幾乎等同於俘虜所經歷的那種苦痛和倦怠，統統拋諸腦後了。他用好像半開玩笑的口吻述說毫無恩怨者的壞話那樣，抱怨了軍部。由於老伴患急性肺炎，他拜託大阪軍司令部的友人送來軍醫學發明的新藥，可是這些新藥毫無效力，反而把她害死了。所以這種壞話也愈說愈厲害了。

他親自除草，親自耕作。農民的血液在他身上甦醒，田園的趣味成為他的熱情之一。妻子看不見，社會也看不見，時至今日他甚至用手擤鼻涕也無所謂了。在金鎖與規矩的西裝背心和背帶折磨的衰老身軀深處，浮現出農民般的骨骼，在過分修飾的臉龐上完全露出了農民的臉。看到這張臉，才明白昔日讓部下害怕的怒眉和炯炯目光，其實就是老農的一種臉型。

可以說，彌吉有生以來第一次擁有田地。迄今他擁有足夠的住宅用地。過去，在他的眼中，這農藝園只不過是一塊住宅用地，如今卻能看到這是一塊「田地」。將所有土地形式的觀念都理解為田地的本能復甦了，他覺得他一生的業績才變成實實在在的形式，隨手可及、隨心可得。他以飛黃騰達者的特有心態，蔑視他父親、詛咒他祖父。現在看來，這種感情的根源似乎都歸結在他們連一坪田地都沒有這一點上。彌吉從類似報復的情感出發，在家鄉的菩提寺修建了一片偌大的祖墳。萬萬沒有想到，良輔竟先進了這裡，早知如此，當初把墳修在鄰近的服部靈園就好了。

難得來大阪，而每次來都探望父親的兒子們，不理解父親的這種變化。長子謙輔、次子良輔、三子佑輔各自心中的父親形象，儘管存在不同程度的差異，但都是已過世的母親一手培育出來的。母親具有東京中階社會出身者的通病，只許丈夫偽裝成上流的實業家。連彌留之際，還禁止丈夫用手擤鼻涕，禁止在人前摳鼻垢，禁止喝湯時發出聲響，以及將痰吐在火盆的灰上——這種種惡癖陋習竟得到社會的寬容，甚或可能成為豪傑暱稱的依據。

兒子們眼中彌吉的變化，是一種可憐、愚蠢、拼拼湊湊的變化。他那副意氣風發的神態，倒像是又回到了擔任關西商船公司專務董事的時代；然而，他已喪失了當年那種處理事務的靈活性，成為極其唯我獨尊的人。很像是追趕偷菜者的農民怒吼聲。

二十疊寬的客廳裡，擺飾著彌吉的青銅胸像，懸掛著出自關西畫壇權威手筆的肖像油畫。這胸像和肖像畫，都是根據像大日本某某股份公司五十年史那樣浩瀚的紀念集、卷首上並排著的歷代經理相片的樣式製作出來的。

兒子們會感到是拼拼湊湊，乃是因為這個農村老頭心裡還有著強硬的根性，猶如這尊胸像的姿態所表現出來的那種徒然的倔強，那種對社會裝腔作勢的誇張。他有如農村實力人物那種帶有泥土氣味的妄自尊大，與對軍部的怨言，被老實的村民理解為憂國之至誠，於是更加敬重他了。

認為這樣的彌吉俗不可耐的長子謙輔，卻比誰都快地投靠了父親，實在是一種諷刺。他過著無所事事的生活，因為氣喘的宿疾得以免除徵召，但他只是在知道難以逃避徵用之際，才匆忙仰仗父親的斡旋，給徵用到米殿村郵局當先鋒。他帶著妻子遷居到這兒之後，理應多少會引發些爭執，可是謙輔視傲慢父親的專制為無法捉摸，逆來順受。在這點上，他冷嘲熱諷的天分，倒十全十美地發揮出來了。

戰事愈演愈烈。原本的三位園丁都出征了。其中一位是廣島青年，他讓家中小學剛畢業的弟弟來頂替園丁的工作，這孩子叫三郎，受到信奉天理教的母親影響，也是個信徒，每逢四月和十月的大祭典，他都在天理教信徒的公共宿舍裡與母親會合，穿上背部染有白字天理教的半截外褂，上「御本殿」參拜。

……悅子把購物袋放在木板地上，像試探反應般一直凝望著室內的薄暮。孩子的笑聲不間斷地回響著。她原以為是笑聲，細聽後才知是哭聲。哭聲在靜謐室內的黑暗中旋蕩。大概是淺子忙於炊事，把孩子放在一旁的緣故吧。她是還沒有從西伯利亞回來的祐輔的妻子，昭和二十三年（一九四八）春天，她帶著兩個孩子投奔到這兒，正好是悅子失去丈夫、彌吉邀請她遷居此處前一年的事。

悅子本想走進自己那間六疊寬的房間，突然看見氣窗上透出的亮光。她記得自己沒有忘記關燈。

打開拉門。彌吉正面對桌子在埋頭閱讀什麼，他嚇一跳似的回過頭來看著媳婦。悅子從他的兩隻胳膊縫間，瞥見了紅色的皮書脊，馬上明白他是在讀她的日記。

「我回來了。」

悅子用明朗快活的聲調說。儘管眼前出現令人不快的事，事實上她的臉與獨自一人的時候判若兩人，動作也像年輕女生般俐落。這女子失去了丈夫，正所謂是個「已經成熟的人」。

「回來了，真晚啊。」彌吉說道。他本想說：「回來了，真早啊」，卻沒有把話說出來。

「肚子好餓。剛才閒得無聊，順手拿妳的書翻了翻。」

他拿出來的日記本，不知什麼時候竟偷偷換成了小說。那是悅子從謙輔那裡借來的翻譯小說。

「我很難看懂，不知道在寫什麼。」

彌吉下半身穿著耕作用的舊燈籠褲，上半身著軍用式的襯衫，外披一件舊西服背心。這幾年來，他沒有改變過這身裝扮。不過，他那股近乎卑屈的謙虛，比起戰爭期間的他、比起悅子所不了解的他，變化就很大了。不僅如此，肉體的衰萎也出現了，眼神失去力度，傲慢緊閉的雙唇也微微鬆弛。而且說話的時候，兩邊嘴角積著像鳥兒那樣的白色唾沫。

「沒有買到柚子。找來找去還是沒買到。」

「太遺憾了。」

悅子跪坐在榻榻米上，把手探進腰帶裡。步行使身體發熱，腰帶內側恍如溫室充滿了體溫。她覺得自己的胸部在冒汗。是虛汗似的密度高、涼颼颼的汗珠。飄溢出的汗味使四周的空氣散發氣味，但是涼颼颼的汗。

她感覺身體彷彿被什麼不快緊緊束縛住，無意間放鬆了一下正襟危坐的身形。對於不太了解她的人來說，這瞬間，這種姿態可能會引起某種誤解。彌吉也好幾次誤以為是媚態。等他了解到這是她勞頓不堪時的一種無意識舉動，就極力控制自己、不把手探過去了。

她放鬆身子以後，脫掉了襪子。泥水濺到了布襪子上。布襪底有著淡墨色的汙點。彌吉尋找接續話題的機會，等得不耐煩，便說道：

「相當髒啊！」

「嗯。路不好走啊。」

「這邊雨下得很大。大阪那邊也下雨了嗎？」

「嗯，正好在阪急買東西的時候下了。」

悅子又憶起方才的情景。震耳欲聾的暴雨聲，以及宛如整個世界都在下雨般陰雲密布的雨空。

她沉默著。她的房間僅有這麼一丁點空間，在彌吉面前，她也無所顧忌地更衣。因為電力不足，室內的電燈相當昏暗。默默無言的彌吉與默默動作的悅子之間，唯有悅子解腰帶時絹絲磨擦發出的窸窣聲，聽起來恍如生物在鳴叫。

彌吉受不了這長久的沉默。他意識到悅子無言的譴責。他催促著早點用餐後，就回到了隔著走廊的自己八疊寬房間裡。

悅子換上便裝，邊繫上名古屋腰帶，邊走到書桌旁，一隻手繞到背後壓了壓腰帶，另一隻手懶洋洋地翻開了日記本。嘴角露出帶幾分作弄的微笑。「公公不知道這是我的假日記。誰會知道這是假日記呢？誰會想到人類竟能把自己的心如此巧妙地偽裝起來？」

恰巧翻到昨天那頁，她俯在昏暗的紙面上閱讀。

九月二十一日（星期三）

今日一天平安無事地度過了。秋老虎的悶熱已經過去。庭院裡蟲聲四起。早晨，我上村裡配給所領取了配給的黃醬。據說，配給所的小孩得了肺炎，好不容易才找到盤尼西林，他得救了。雖說是他人的事，但我也覺得放心。

過農村的生活，必須有顆純潔的心。好歹我在這方面也有些涵養。我不無聊。已經不無聊了。絕對不無聊。近來我也理解了農閒期農民們悠閒的平靜心情。我沉湎在公公大方的愛之中，彷彿又回到了十五、六歲往昔的心境。

在這世界上，只需要有純潔的心、樸素的靈魂就足夠了。除此以外，我覺得什麼都不需要。在這世界上，只需要運動自己的軀體來從事勞動的人，而城市生活，猶如沼澤地般的心靈交易早晚會泯滅。我的手起水泡。公公也表揚了我，說這才是一雙真正的、不愧為人的手。我變得不會生氣、不會憂鬱了。近來，那麼多曾經折磨我的不幸往事、丈夫過世的往事，也變得不那麼折磨我了，投入秋日明媚陽光的溫柔懷抱中，我的心胸變得寬容，不論面對任何事物，都抱著感謝的心情。

想起S。她的境遇和我一樣，成為我心的伴侶。她也失去了丈夫。一想到她的不幸，我也得到了安慰。S是個善良、心靈純潔美好的寡婦，早晚有機會再婚，這點毫無疑問。在她再婚之前，本想好好聊聊，可是我們分別在東京和這兒兩地，難得有機會相遇。哪怕能接到一封她的來信也好啊……

「即使頭一個字母相同，但換成了女性，他人也就不曉得了。S這個名字出現得太頻繁。不過，沒有證據，也就沒有什麼可害怕的。對我來說，這是假日記。但人類也不可能老實到像假的那樣……」

她將描仿那偽善記錄下來時的本意，在心中重新書寫了一遍。

「即使是重寫了，這也並非我的真心。」

她做了如此辯解，又重新書寫了一遍。

九月二十一日（星期三）

痛苦的一天過去了。怎麼又能把這一天打發過去呢？連我自己也覺得不可思議。清晨，我上村裡的配給所領取了黃醬。據說，配給所的小孩得了肺炎，好不容易才找到盤尼西林，他得救了。真遺憾！背地到處說我壞話的那個老闆娘的孩子要是死了，或許還多少有機會給予我安慰。

過農村的生活，需要有顆純潔的心。然而，杉本家的人們卻懷著腐敗、柔弱、容易受傷害的虛榮心，於是，過鄉間生活也就愈發痛苦了。我當然熱愛純潔的心。我甚至覺得世界上再沒有什麼比純潔的軀體內蘊藏著純潔的靈魂更美的了。但是，當我站在深深相隔的、我的心與那樣的心之前，又能做些什麼呢？世上哪兒還有什麼比企圖從金錢裡達到金錢外的努力更難堪、更痛苦的呢。最簡單的辦法，莫過於在沒有洞穴的金錢裡鑿開一個洞穴。那就是自殺。

我屢屢下決心要拚命接近它，它卻逃之夭夭，逃到無邊無際的另一個世界。於是，又只有我獨自被遺留在寂寞中……

我的手指起了水泡，真是愚蠢的鬧劇。

……然而，悅子的信條是：不過分認真思考問題。赤腳走路，難免會傷腳。如同要走路就要穿鞋那樣，要活下去就要有什麼現成的「信念」。悅子無心地翻閱著日記本，暗自嘀咕。「儘管如此，我還是幸福的。我很幸福。誰也不能否認這一點。首先，沒有證據。」

她將微微發暗的頁碼翻了過去。接著是潔白的頁面，一頁一頁地翻下去。片刻，便將這一年幸福的日記翻完了……

杉本家用餐有個奇妙的習慣。他們分四組用膳，那就是住二樓的謙輔夫婦、樓下一隅的淺子和孩子們、另一隅的彌吉和悅子，以及住在女傭室的三郎和美代。美代只負責燒四組的米飯，家常菜餚則由四組各自烹調，分別進餐。說來，這種奇妙的習慣，源於彌吉的利己主義，每月他發給其他兩家人一些生活費，任他們在這範圍內自由支配。他認為，唯獨自己沒有理由陪他們一起吃儉省的伙食。他之所以在良輔死後將無依無靠的悅子喚到自己身邊，不過是看中了她能燒一手好菜。這只不過是單純的動機罷了。

收穫水果和蔬菜時，彌吉把最上等的留給自己，剩下的分給其他各家。栗子中最上等的是芝栗，只有彌吉一人有權撿這種果實。其他家的人都不許撿。唯獨悅子例外，可以分享彌吉的份。

彌吉決定將這種特權賦予悅子時，或許心中早已萌生了某種念頭。平時彌吉總想著：得到最上等的芝栗、最上等的葡萄、最上等的富有柿、最上等的草莓、最上等的水蜜桃的分配權，是值得付出任何代價來交換的。

悅子剛來不久，這樣的特權就成為其他兩家人嫉妒和羨慕的目標。突然間，這嫉妒和羨慕又釀成含有惡意的猜測。而且，這種煞有介事的流言蜚語，甚至暗示著有能力左右彌吉的決定。然而，當他們看到事態演變證實了並不怎麼符合他們的猜測時，反而連始作俑者都要懷疑起自己的腦袋了。

失去丈夫還不到一年的女人，怎麼會有意委身於自己的公公呢？年紀尚輕，還有機會再婚，怎麼會做出葬送自己後半生的決定呢？那樣一個六十開外的老人，又有什麼值得委身的呢？她雖然是個無所依靠的女人，但難道會幹出最近流行的那種「為了享受現成」的事嗎？

種種揣摩臆測，又在悅子周圍築起了好奇的籬笆。悅子在這道籬笆裡，終日寂寞地、倦怠地，卻也不避人眼目、豁達又邋遢地走來走去。就像一頭走獸。

謙輔和妻子千惠子在二樓的起居室共進晚餐。千惠子嫁給丈夫的原因是認同他犬儒派[3]的思想。認同的動機本身自有其退路，結果就是千惠子即使看到謙輔過分的無作為，也不曾對婚姻生活感到幻滅。她就是這種女人。這對過時的文學青年和少女，是在「人世間最愚蠢的行為就是結婚」的信念下結合的。儘管如此，兩人仍不時並肩坐在二樓的凸窗邊上，朗讀波特萊爾的散文詩。

「老爸也怪可憐的，都這把年紀了，心裡還埋著煩惱的種子。」謙輔說。「剛才我經過悅子的房門口，她理應不在家，燈卻亮著。我悄悄地走進去，只見老爸正專心地偷看悅子的日記。非常專心啊，連我站在他後面，他都沒有察覺，我招呼一聲，他嚇得幾乎跳起來。後來，他恢復了威嚴，瞪了我一眼，那張可怕的面孔，甚至使我想起小時候最害怕瞧見的、他那張怒氣沖沖的臉。爾後他這麼說：你要是告訴悅子我看了她的日記，我就把你們夫婦從這個家裡攆走。」

「老爸他擔心什麼呢，要看人家的日記。」

「最近悅子不知怎的，總是心神不定。他大概是放心不下吧，但老爸可能還沒有留意到悅子迷戀著三郎呢。這是我的判斷。她是個聰明的女人，怎麼會在日記上露出破綻來呢？」

---

3 希臘哲學流派之一，活動期在公元前四世紀至基督教時期。該派主張破壞社會常規，返回「自然的」生活。

「三郎？我不相信。不過我一向欽佩你的眼力，就當有這麼回事吧。悅子這個人很不明朗，想說就說，想做就做，我們也會支持的嘛。這樣她或許會輕鬆些。」

「言行不一才有意思。以老爸來說吧，自從悅子來後，他簡直變得志氣全失了，不是嗎？」

「不，土地改革以後，老爸就有點沮喪了。」

「這倒也是。不過，老爸是佃農的兒子，自從意識到自己『擁有土地』這項事實之後，他就像士兵當上了士官那樣神氣。他甚至立下一條稀奇的處世訓條：沒有土地的人為了擁有土地，無論是誰都非得經過先當三十多年的輪船公司職員、進而爬上社長的這個過程不可。而且，老爸還盡量將這個過程描述得難乎其難。這就是他的樂趣。戰爭期間，老爸可威風了，他曾用講述昔日狡猾友人因買賣股票而發財的事那樣的口吻，議論著東條的傳聞。當時我是郵局職員，恭恭敬敬地聆聽了他的講話。老爸不是在外地主，戰爭結束後進行的土地改革，沒有為這片土地帶來多大的損失。然而，佃農大倉那傢伙曾用便宜得像白給一樣的價錢購置了土地，成為土地所有者，就受到了相當沉重的打擊。要都像他那樣，我何必辛辛苦苦六十年呢。從那以後，這句話就成了老爸的口頭禪。這種坐享其成、成為土地所有者的傢伙慢慢湧現出來，老爸就會失去存在的理由。也因此，老爸才變得多愁善感。這回人家說他是時代的犧牲者，他對這種氣氛倒有幾分滿意。他意志最消沉的時候，要是送來戰犯的逮捕令、把他帶去巢鴨監獄，或許他還會變得更年輕些呢。」

「不管怎麼說，悅子幾乎不知道公公的壓制，所以很幸福。她這個人相當憂鬱，又相當明朗，感情很複雜。三郎的事另當別論，但在丈夫服喪期間怎麼可能成為公公的情婦呢？就是這點，我百思不得其解啊。」

「不，她是個格外單純而又脆弱的女人，像絕不逆風擺動的柳樹般，是個死守貞節的女人，只是不知什麼時候對象變了，她或許還沒有察覺呢。如在風塵中被颳跑之後，以為是丈夫而緊緊抱住不放的，豈料並不是丈夫，而是別的男人。」

謙輔是個與不可知論無緣的懷疑派，自詡對人生有相當透徹的見解。

……就是入夜了，三家人也是互不相干地度過。淺子忙於照料孩子，陪伴早睡的孩子躺下，自己也進入夢鄉。

謙輔夫婦沒有從二樓下來。透過二樓的窗玻璃，可以望見遠方和緩的沙丘，沙丘上是府營住宅的燈火。由此及彼地延展的，只是一片幽暗海洋般的田。那些恍如島上濱海街道的燈光，看來市鎮是既莊嚴又異常地熱鬧。可以想見市鎮那些寂靜的宗教集會上，燈光下木然不動的人們沉浸於心曠神怡境界中的景象；或是在沉默中精心而冷靜地、費了相當長時間的謀殺，也是在燈下一一完成的。儘管清楚地知道那裡的生活比這裡更單調、貧困……倘使悅子也能將府營住宅當作這種燈火的聚光，她的心或許不至於被帶到嫌惡的境地。繁密的燈火，恰似聚在朽木上、讓翅膀靜靜歇息的發光羽蟲群。

偶爾，阪急電車的汽笛聲響徹夜空，在夜間的田園各處引起回聲。這種時候，電車宛如幾十隻一起放生的夜鳥發出凶狠的啼鳴，像迅速飛回自己的巢穴般呼嘯地疾馳而過。汽笛的嘶叫震盪著夜晚的空氣，聲音有點驚人；抬頭仰望，看到聽不見聲音的遠雷在夜空一角劃過一道深藍，爾後消逝無蹤。這正是這個季節會出現的景象。

晚餐後到就寢前的這段時間，誰也不會去悅子和彌吉的房間。原先謙輔為了消磨時光，曾過來聊天。淺子也帶著孩子來過。大家相聚一堂，熱熱鬧鬧地度過了夜晚。可是，彌吉漸漸毫不掩飾地流露出不悅的神色。所以，大家都卻步了。彌吉在他與悅子兩人單獨在一起的數小時間，實在不願意旁人來打擾。

話雖這麼說，這段時間也不是要做什麼事。有時晚上是在圍棋中度過的——悅子向彌吉學會了下圍棋。彌吉只有向年輕女子誇耀教授棋藝這一招，此外別無他技。今晚兩人也是圍著棋盤對弈。

悅子滿足於手指觸及棋子那冷酷無情的分量，她的手不停地在棋盒裡擺弄，眼睛卻像著了迷般緊緊盯住棋盤。她這副神情，確是不尋常地熱中下棋的態勢。其實，她只不過是被棋盤上那些清晰黑線的縱橫交錯，和那些毫無意義的準確性所吸引罷了。有時候，連彌吉也懷疑悅子究竟是不是熱中於弈戰。他看見在自己的眼前，一個毫無羞澀、沉湎在粗俗、安然的愉悅中的女子，微微張開的嘴角露出近乎蒼白、又白又利的牙齒。

有時候，她的棋子敲在棋盤上，發出響亮的聲響。簡直像在敲擊什麼東西似的。就像敲擊猛襲過來的獵犬似的……這種時候，彌吉形跡可疑地邊偷看媳婦的臉，邊示範般下了穩健的一著。

「氣勢真非凡啊！簡直像宮本武藏[4]和佐佐木小次郎在岩流島上的決鬥場面。」

悅子背後傳來用力踩踏走廊的沉重腳步聲。這腳步不似女人的輕盈，也不像中年男子的沉鬱，而是朝氣蓬勃、熱情的重量集中在腳掌上的腳步聲。這踩在黑夜的廊道木板上發出的嘎吱響聲，宛如在呻吟、在吶喊。

悅子下棋子的手指一僵。不如說，她的手指好不容易才得到棋子的支撐更為確切。她必

---

4 西元一五八四？—一六四五，江戶初期劍客，與佐佐木在岩流島上決鬥獲勝而揚名遐邇。

須讓不由自主地顫抖的手指緊緊地抓牢棋子。為此，悅子佯裝長考。但那不是難走的一著，不能讓公公懷疑這不大相稱的長考時間。

拉門打開了。跪坐著的三郎只把頭探進來，悅子聽見他說道：

「請休息吧。」

「啊。」

彌吉應了一聲，依然低著頭下棋。悅子凝視他那執拗、骨節突起、又老又醜的手指。她沒有回答三郎，也沒有回頭望向拉門那邊。拉門關上了。腳步聲朝相反方向的美代寢室、朝西的三疊寬寢室走去了。

二

狗的遠吠聲劃破了夜空，令農村的夜晚顯得更可怕。後面的小倉庫拴著一頭名叫瑪基的愛爾蘭雪達犬（Irish Setter）。偶爾成群的野狗會從相連的果園稀疏的樹叢中經過。瑪基豎耳傾聽，發出了長長的、令人厭惡的吠聲，彷彿在控訴自己的孤獨。野狗通過時弄得矮竹叢沙沙作響，猝然止步，順聲呼應。聽覺敏銳的悅子被吵醒了。

悅子只睡了約莫一個多小時。在早晨到來前，還需要盡義務般地長眠。她探尋著應連繫明天的希望，哪怕是極微小、極一般的希望也好。沒有希望，人就無法將生命延長到明天。人為了明天，需要施捨諸如留在明天縫補的東西、明天啟程的旅行車票、留在明天飲用的瓶子裡的殘酒一類的東西。這才被允許迎接黎明。悅子施捨了什麼呢？對了，她施捨了兩雙襪子吧。一雙深藍色，一雙咖啡色。對悅子來說，將這兩雙襪子送給三郎，就是明天的全部。悅子像信心十足的女子那樣，發現了這個希望本身空洞而又清淨的意義。她拽著這兩根纖細的繩子——深藍色和咖啡色的纖細繩了，懸在彷彿不可理解、胖乎乎、漆黑、黯淡的氣球般的「明天」上，不考慮向何處去。「不考慮」本身就是悅子幸福的根據、生存的理由。

直至現在，悅子的全身依然籠罩在彌吉那執拗、骨節突出、粗糙的手指的觸覺之中，一、兩個小時的睡眠是無法將它拂去的。接受過骸骨愛撫的女人，就再也無法擺脫了。悅子全身留下的是比蝴蝶將要脫蛹而出時的蛹殼還薄的、肉眼看不見的、像塗抹過顏料後半乾而透明的、皮膚上的假想皮膚的感觸。一動身子，眼前就彷彿可以看見它在黑暗中的一大片裂紋。

悅子用逐漸習慣了黑暗的目光，環顧四周。彌吉沒有打鼾。隱約可見他像剝了毛的鳥一般的脖頸。架上座鐘的滴答聲、地板下的蟋蟀聲，給這黑夜劃出了這個世界僅有的輪廓。不然，這黑夜已不屬於這個世界了。這黑夜沉重地壓在悅子身上，不顧一切地將悅子推向凝固的恐怖之中，就像在嚴寒的天空中墜落的蒼蠅那樣。

悅子好不容易才微微抬起頭來。飾品櫃門上的螺鈿發出藍色的光。

……她緊緊閉上了雙眼。恢復記憶了。這僅僅是半年前的往事。悅子來到這個家不久，常愛獨自外出散步，很快就被村裡人稱為怪人。悅子並不理會這些，仍然獨自散步。她那孕婦般走路的模樣，就是那時開始引起人們注目的。凡看到她的人，無不斷定她是個有過自甘墮落歷史的女人。

從杉本家的土地一隅，隔河可以望及服部靈園的大致輪廓。要不是春分秋分時節，來掃墓的人是甚少的。一到下午，在廣闊的墓地台地上，並排著無數潔白的墓碑，它們可愛的影子一一落在旁邊的土地上。在丘陵森林中起起伏伏的墓地景致，明朗而清潔。偶爾還能遠遠望見花崗岩墓的潔白石英，在陽光下閃爍著輝光。

悅子特別喜愛這墓地上方的寬廣天空，以及貫穿墓地、寬闊而寧靜的散步道。這種潔白、明朗的靜謐，伴隨草的清香和發芽小樹的香氣，讓她的靈魂彷彿比任何時候都更加赤裸。

這是採摘花草的季節。悅子沿著小河畔邊走邊摘採馬蘭和杉菜，放進和服袖的口袋裡。小河有處水溢了出來，漫到草地上。那裡有芹菜。小河鑽過橋，橫穿從大阪直通往墓地門前的水泥車道終點。悅子繞過靈園入口的圓形草地，向散步的路走去。她覺得有點奇怪，自己竟有這般閒暇。這難道不正像執行緩刑的那種閒暇嗎？

悅子從正在練投接球的孩子旁邊走過。走了一程，進入方才小河畔的籬笆裡，來到了還沒有立墓碑的草地。正想坐下來，便看見一個少年仰躺著，面前舉著一本書，專心地讀著。原來是三郎。他感到有人影投射在自己臉上，便敏捷地抬起上半身，說了聲：「少奶奶！」

悅子衣袖口袋裡的馬蘭和杉菜跟著全落在他臉上。

三郎這時臉上瞬間泛起的表情變化，顯然帶給悅子清爽、明晰的喜悅，猶如一個易解的簡單方程式。他起初以為紛紛落在自己臉上的野草，是悅子開的玩笑，於是有點小題大作地把身子閃開了；接著他從悅子的表情看出，這純粹是偶發事件，不是在開玩笑。這一瞬間，他有點不好意思地露出非常認真的眼神，站了起來。然後又四肢著地幫悅子把灑落的馬蘭撿起來。

後來，悅子想起她當時是這樣問的：

「在幹什麼呢？」

「看書。」

他面紅耳赤，出示了一本武俠小說。他那種說話口吻，悅子當時認為是種軍人腔調。但是他今年才十八，不可能在軍隊裡待過。原來是出生廣島的三郎是為了模仿標準語，才使用那種腔調的。

後來，三郎無意中說出：有一回他到村裡領取配給麵包，回來的路上偷懶被少奶奶發現了。這番吐露，與其說是自我辯解，不如說帶有討好的意思。悅子說：我不會對任何人說的。

她記得自己好像還問過一些有關原子彈爆炸的災情。他回答說：他家距廣島市較遠，沒有遭波及，但親戚中也有全家罹難的。說到這裡，話題就結束了。更確切地說，當時悅子覺得三郎似乎還想詢問她什麼，她也就沒說下去。

悅子心想：初次看到三郎的時候，覺得他像個二十歲的年輕人。在靈園的草地上，見到他那副模樣，是多大年紀了？我已記不清楚了。只是，當時還是春天，他卻穿了件滿是補釘的布襯衫，敞開了胸懷，袖管捲起，說不定是介意袖子太破了？他的胳膊很結實，首先，城市裡的男子，不到二十五歲不可能有這樣結實的胳膊。而且，這雙被太陽曬得黝黑的成熟胳膊，彷彿對自己的成熟感到害羞似的，密密麻麻地長出了金色的汗毛。

……不知為什麼，悅子竟用類似責難的目光凝視著他。這種目光與悅子並不相稱，但她也只好如此。他是不是覺察到了什麼呢？不至於吧。他只是意識到難以對付的主人家又來了一個麻煩的婦女。他的聲音！是帶鼻音、不引人注意、有幾分憂鬱但依然像孩子似的聲音。他沉默寡言，話像逐句吐出來似的，分量就像質樸野生的果實那樣沉重……

儘管如此，第二天照面的時候，悅子早就可以不動聲色地注視他了。就是說，不是用責難的目光，而是報以微笑。

對……什麼事情也沒有發生。到這兒來約莫過了一個月，有一天，彌吉託悅子修補耕作用的舊西服和褲子。彌吉急用，她一直縫到當天的夜半更深。凌晨一點，理應早已歇息的彌吉竟走進悅子的房間，稱讚她的熱心，還穿上了修補好的西服，抽著菸斗，沉默良久……

「近來睡得好嗎？」彌吉問道。

「嗯。與東京不一樣，非常安靜……」

「撒謊。」彌吉又說了一句。

悅子老老實實地回答說：

「說實在的，近來睡得不好，正在煩惱呢，肯定是太安靜了。我想是過於安靜的緣故吧。」

「這可不行。不把妳叫來就好囉。」彌吉說。

彌吉在托詞裡，添加了幾許公司董事派頭的威嚴。

悅子決定接受彌吉邀請來米殿村的時候，早已預料到這樣的夜晚。毋寧說，她盼著這天的到來。丈夫過世時，悅子曾希望像印度的寡婦那樣殉死。她所空想的殉死很奇怪。不是為丈夫之死而殉葬，而是出於嫉妒。而且，她盼的並不是一般的死，而是最耗時間、最緩慢的死。還是嫉妒心重的悅子，在尋求絕不害怕嫉妒的對象呢？在那宛如尋求腐肉般卑鄙的慾望後面，還有一種活生生的獨占慾在蠢動呢？或是毫無目的的貪婪？

丈夫的死……秋天即將逝去的一天，停靠在傳染病醫院門口的靈車，至今仍歷歷在目……工人抬起靈柩。從潮濕、散發著焚香和霉味，以及別的死亡氣味的地下太平間——落滿塵土、變成灰色、骯髒得令人毛骨悚然的假白蓮花，鋪上供守靈用的潮濕榻榻米放置著搬運屍體用的、褪了色的皮革躺床，設有不斷交替、安放新靈牌的靈堂般佛壇的太平間——

工人抬出靈柩登上水泥地緩坡，其中一個工人腳蹬軍靴，在水泥地上發出鞋釘磨牙般的咯咯聲。通向後門的門扉敞開了……

當時，雪崩般照射進來、令人感動的強烈陽光，還是悅子頭一遭遇到。

十一月初，日光氾濫，到處都充滿了透明、溫泉般的日光。傳染病醫院的後門，面朝遭戰火夷為平地的、平坦盆地的市鎮。遠來的中央線電車斜斜地奔馳在被枯萎草叢包圍的土堤上。市鎮的一半是木造新房和建築中的房子，另一半依然是長滿雜草、布滿瓦礫與垃圾的廢墟。十一月的陽光占據了這座市鎮。當中有一條明亮的公路，自行車的車把閃爍著亮光奔馳而過。不僅這些。廢墟的垃圾堆裡，類似啤酒瓶的碎玻璃片也發出耀眼的光。這些光芒恍如瀑布般傾洩在靈柩以及尾隨靈柩的悅子身上。

靈車發動。悅子從靈柩後面登上放下帷子的車裡。

抵達火葬場之前，一路上她想著的不是嫉妒，也不是死亡，淨是方才襲擊自己的強烈光芒。她身穿喪服，在膝蓋上將手中的秋天花束換隻手拿。有菊花、荻、桔梗，還有因為徹夜守靈的疲勞而枯萎的大波斯菊。喪服膝蓋處染上了一點黃花粉的汙漬，悅子也無所謂了。

沐浴著這種光，她有什麼感覺呢？解放了？從嫉妒、從無數難以成眠的夜、從丈夫突發的熱病、傳染病醫院、可怕的深夜夢囈、臭氣，從死亡中得到解放了？

難道地上存在這種強烈的光，依然會讓悅子充滿嫉妒？難道對這種嫉妒的感動，出自她唯一而永恆的感動惡習？解放的感情，理應是一種新鮮的否認，猶如連解放本身都不斷加以否認似的感情。比起純野生的獅子，剛出籠的獅子擁有更加廣闊的世界。被捕獲期間，牠只存在於兩個世界：籠內的世界和籠外的世界。牠被釋放，牠吼叫，牠傷害人，牠吃掉人。牠滿是不滿，牠不能存在於既非籠中又非籠外的第三個世界……然而，悅子的心與這些東西簡直毫無緣分。她的靈魂只知道承認……

悅子在傳染病醫院後門所沐浴的陽光，只能認為是無可奈何地、充滿在地上的天大的浪費。對她來說，畢竟還是靈車內的昏暗更痛快些。坐在丈夫的靈柩上，隨著車身搖晃，好像有些東西也咯噠咯噠地在晃動。莫非是放在棺柩裡，丈夫珍藏的菸斗碰在棺木板上發出的聲音？要是用什麼東西包裹起來就好了。悅子伸手往白色柩布外側撫摸發出聲響的地方。像是菸斗的東西屏住了氣息似，不響了。

悅子掀起帷子，看見由特大爐子似的建築和休息室圍起來的、殺風景的水泥廣場，另一輛靈車半途走到這輛靈車前面，正放慢速度駛入廣場。這是火葬場。

悅子還記得，那時候她心想：我不是去火化丈夫的屍體，而是去燒掉我的嫉妒。……但是，就算把丈夫的屍體火化了，是不是可以燒掉她的嫉妒呢？毋寧說，嫉妒是從丈夫那裡傳染過來、病毒般的東西。它冒犯肉體、觸犯神經，侵蝕了骨骼。若要把嫉妒燒掉，那麼，她除了跟隨靈柩、步入那座高爐般的建築物深處，別無他途。

丈夫良輔發病的前三天沒有回家。他在公司上班。他似乎不會為耽溺於情事而怠工，只是不願回到悅子盼望他回去的家，因為他無法忍受悅子的嫉妒。一天裡，悅子曾五次走到附近的公用電話亭前，還是猶豫再三，沒有打這個電話。倘使打到公司，他一定會接的。他在電話裡絕不會口出惡言。然而他的辯解，會溫柔得像撒嬌的貓一般，故意帶著嬌氣的大阪口音，會令人想像他細心地將菸蒂插在菸灰缸裡那樣的辯解，這更增添了悅子的痛苦。所以她寧可從良輔嘴裡聽到粗暴的咒罵。眼看著責罵即將從這彪形大漢的嘴裡脫口而出，他卻用了親切的聲音反覆地說，他保證無論如何也絕不失約。悅子無法抵抗。再說，與其聽這類話，也許強忍著不打電話更好些呢。「……在這裡很難說清楚。昨天傍晚，在銀座遇見了個老朋友，他邀我去打麻將。他是工商部官員，可不能怠慢……什麼？今天我會回家。下班馬上回去……不過，工作堆積如山啊。準備晚飯？準不準備都行……隨便好囉……假使我吃過了，回去再吃一遍嘛……先說到這兒吧。川路在電話旁邊，他說羨慕我們的恩愛……哦，知道了。知道了……那麼，再見……」

在同事之間，虛榮的良輔仍裝出一副平凡幸福的模樣。悅子等著。繼續等著。他沒有回家。他回家以後也很少在家裡過夜，這時候，哪怕就一次，悅子有沒有質問或者責備他呢？她只是用略帶哀怨的眼神，仰望著丈夫。這雙像母狗般無言又哀傷的眼睛觸怒了良輔。妻子的期待，她的手活像乞丐乞食的手，她的眼睛活像乞討的眼睛，這樣的妻子的期待……使良輔嗅到剝掉生活的一切細節之後，夫妻關係殘餘的醜陋骨骼的寂寞和恐怖。他把健壯的、不如說是笨重的背脊向著她，一副睡著的樣子。一個夏天夜晚，良輔正在睡覺，妻子的嘴唇碰到他的身體，他搧了妻子一記耳光。他像說夢話似的嘟噥：「無恥！」打了她。恍如拍打叮咬自己身體的蚊子，完全無動於衷。

丈夫激起悅子的嫉妒，並以此為樂，就是從那年夏天開始的。

悅子眼見丈夫的領帶不斷增加，都是她未見過的領帶。一天早晨，丈夫把妻子喚到穿衣鏡前讓她繫領帶。悅子憂喜摻半，手指顫抖，沒把領帶打好。良輔有點掃興，離開了她說：

「怎麼樣，款式不錯吧？」

「喲，我沒注意到。是新的呢，買的嗎？」

「什麼，妳一臉就是早就注意到的樣子……」

「……很適合你。」

「非常合適。」

良輔故意瞅了瞅書桌抽屜裡那女人的手絹。不斷浸泡著廉價的香水。更令人討厭的，就是家中散發出韭菜般的惡臭……悅子劃了火柴，將他擺在桌面上的女人照片一張張地燒掉了。讓她這麼做的，是丈夫的預謀。丈夫回到家，就問照片怎麼啦？悅子站在那裡，一隻手拿著砒霜，一隻手端著盛滿水的玻璃杯。他將悅子手上要吞服的藥打落地面。這一刻，悅子摔倒在鏡子上，額頭也劃破了。

這天晚上，不知道為什麼丈夫愛撫得那麼熱情！那是一時衝動的、僅在這一夜的風暴！那是侮辱幸福的肖像畫！

……悅子決心第二次服毒的晚上，丈夫回家了……接著，兩天後發病……兩週後便死去了。

「頭痛。頭痛得受不了。」

良輔站在玄關不想進屋，說了這麼一句。悅子覺得丈夫回來，彷彿是為了阻撓自己服毒的決心，並以此來折磨自己，平時嫌惡自己的丈夫回家帶來的喜悅，今晚真的沒有了。她冷淡地將手支在紙拉門上，俯視著在昏暗玄關坐著不動的丈夫，感到自豪。以死為誘餌、好不容易才贖回的自豪，竟然使自己沒察覺到，那死的念頭不知不覺間已消失無蹤。

「你喝酒了？」

良輔搖搖頭，微微抬頭瞥了妻子一眼。他沒意識到這時他仰望妻子的眼睛，會映現出妻子那狗一般的眼神，只能用嫌惡去看的眼神。從這種停滯的、熱切渴望的眼神，這種對家畜在自己體內引起的病而莫名地不知所措、沉住氣訴苦般地仰望著主人的眼神，良輔大概第一次感到由內而外地產生了什麼難以理解的東西；他有點忐忑不安了。這就是病，但所謂的病又不僅僅是這種東西。

……此後的十六天，是悅子最幸福的短暫時間……新婚旅行和丈夫的死，與這幸福的短暫期間何其相似啊！悅子與丈夫的旅行是向死亡奔去。與新婚旅行一樣，那是過度使用身心和不知滿足的慾望與痛苦……丈夫高燒纏身、裸露胸口地躺著，被死神的伶俐技巧所操縱，像新娘般在呻吟。病侵犯到腦的最後幾天，他像做體操似的忽然抬起上半身，伸出乾涸的舌頭，露出被牙齦滲出的血染髒成紅土色的前齒，大聲地笑了……新婚之夜的翌晨，在熱海飯店二樓的房間裡，他也曾這樣大聲笑過。他打開窗戶，鳥瞰緩緩起伏的草坪。飯店裡住著飼養格雷伊獵犬（Greyhound）的德國一家人，他們有個五、六歲的男孩想帶狗外出散步。這時，狗看見一隻貓從草坪的灌木叢後面穿過，就奔了過去。男孩忘記放開手中的鎖鏈，被狗一拉，一屁股跌坐在草地上……看到這情景，良輔天真、快活地笑了。他露出牙齒，無憂無慮地笑了。悅子從未見過他這樣放聲大笑。

悅子趿著拖鞋跑到窗邊。草地上的晨光與庭園盡頭的耀光連成了一片。在坡度的巧妙布局下，庭園盡頭彷彿緊連海濱似的。兩人下到一樓大廳。掛在柱子上的收納袋上貼了寫著「請自由閱覽」的貼紙，還插著各種顏色的旅遊指南。經過這裡時，良輔順手從中抽出一張，等候端來早餐的這段時間，他俐落地把它折成紙飛機。餐桌就在庭園的窗邊。「妳看！」丈夫說。他從窗口將摺好的紙飛機朝海的方向射去……太愚蠢了。這只不過是良輔討好撒嬌女子時所施展的花招之一罷了……不過，那時候良輔確實是真心想取悅悅子，真心想誆騙這位新嫁娘，多麼誠實啊……悅子家裡還有財產。是財主世家，目前只剩下父女二人，是繼承戰國時代名將血統的世家，擁有固定不變的財產。戰爭結束了。財產稅、父親的死，悅子繼承的少得可憐的股票……且不說這些，住在熱海飯店的那天早晨，兩人是名副其實的兩個人。良輔的熱病，再次將兩人置於僅有兩人的孤獨中。意料之外重新降臨在悅子身上的這樁悲慘幸福，她毫不遺漏、無比貪婪、無恥地盡情享受著。她的照顧，連第三者都會背過臉去。

傷寒的確診需費一段時日。長期以來，他被誤認為是古怪的頑強病毒性感冒。不時的頭痛、失眠、全無食慾……儘管如此，傷寒初期症狀的兩個特徵，間歇性發燒、體溫與脈搏的不正常卻沒有出現。發病的頭兩天，他頭痛、全身倦怠，但沒有發燒。那次回家的次日，良輔向公司請了假。

這天，他難得整日像到別人家去玩的孩子，老老實實地在整理東西中度過。從低燒、無精打采中產生了莫名的不安。悅子端著咖啡走進良輔六疊寬的書齋。他身穿藏青色碎白花布便服，呈大字形地躺在榻榻米上，像要測試嘴唇般緊咬著嘴唇。嘴唇沒腫，他卻覺得有。

良輔一見悅子走進來就說：

「不要咖啡。」

她躊躇的當兒，他又說：

「幫我把腰帶結轉到前面來。硬邦邦的，受不了……自己轉太麻煩啦。」

很久了，良輔討厭悅子觸摸他的身體……連穿西服上衣，他都不願意讓妻子幫忙。今天不知他是怎麼回事。悅子將咖啡托盤放到桌上，然後跪坐在良輔身邊。

「妳幹麼呀！像個女按摩師。」丈夫說。

悅子將手探入他的腰身下面，將腰帶隨意綁的結拉上來。良輔連抬也不想抬一下身子。肥厚的身軀妄自尊大地壓在悅子纖弱的手上，她的手腕痛極了。儘管疼痛，她還婉惜這動作僅用數秒鐘就完成了呢。

「這樣躺著，乾脆睡覺不好嗎？我這就給你鋪床好嗎？」

「妳別管。這樣更舒服些。」

「好像比剛才更燒了，是嗎？」

「跟剛才一樣。是正常體溫嘛。」

這時，悅子竟斗膽做出連自己都感到意外的動作。她把嘴唇貼在丈夫的額頭上測試了一下熱度。良輔不發一語。眼睛在緊閉的眼瞼裡倦怠地動著。他那油亮、骯髒、粗糙的額頭皮膚……對了，不久將會變成傷寒特有的、失去發汗機能、乾燥火熱的額頭，變成失去常態的額頭……再不久，會變成土黃色的死人額頭……

次日晚上開始，良輔的體溫突然升到三十九點八度。他說腰痛、說頭痛。他不停地轉動頭部，尋找枕頭上涼爽的地方，弄得枕巾全是髮油和頭皮屑。從那天晚上起，悅子讓他枕上冰枕了。他勉強接受了流質食物。悅子將蘋果榨成果汁倒在鴨嘴壺裡讓丈夫喝。次日早晨出診的醫生說：只是感冒而已。

悅子心想：如此一來，我丈夫終於回到了我的身邊，回到了我跟前。猶如看到漂流到膝前的漂流物那樣，我蹲下來仔細檢查了在水面上這具奇異的痛苦肉體。我像漁夫的妻子，每天都來到海邊，一個人過著等待的日子。然後終於發現在峽灣岩縫的混濁水裡，漂浮著一具屍體。那是還有生命的肉體。我該立刻把它從水裡打撈上來嗎？不！沒有打撈上來。那才是真正孜孜不倦的努力和熱情，我只是熱心地蹲下來凝視著水面。而且，一直看守著這具還有生命的軀體，直到它整個被水淹沒，再也不會呻吟，再也不會叫喚，再也不會呼出熱氣為止……我知道，倘使讓這漂流物甦醒，它會立即拋棄我，然後被海潮送到無限的遠方，逃之夭夭。也許再也不可能回到我的跟前。

她還想：儘管我的照護裡有著盲目的熱情，可是誰能理解呢？誰能理解丈夫彌留之際我所流下的淚水，是在與燒毀我每天的這股熱情告別呢……

悅子想起丈夫躺在出租汽車裡，前往與丈夫熟識的小石川內科博士醫院住院那天。後來，住院的第三日，照片上的女人到病房來探視丈夫，她與這女人激烈地爭吵起來……這女人是怎麼打聽到的？難道是前來探病的同事告知她的？按理說，同事並不清楚任何情況。抑或是那些女人像狗一樣，嗅到了病的氣味？……又一個女人來了。一個女人接連來了三天，又有另一個女人前來探視。兩個女人偶爾碰上，交換了蔑視的眼神便離去……悅子不希望任何人來侵犯唯有他們倆存在的這個孤島。第一次發病危電報給米殿，是在他斷氣之後。在悅子的記憶中，確定丈夫病因當天，曾發生令她高興過的事。提起這家醫院，二樓上只有三間並排的病房。走廊盡頭是一扇窗。從這殺風景的窗，可以眺望殺風景的市鎮風景。悅子喜歡走廊上飄蕩著的甲酚（cresol）氣味。每次丈夫陷入短暫的假寐時，她總是在走廊上踱步，盡情地呼吸這股氣味。比起窗外的空氣，這種消毒液的氣味更符合她的嗜好。用來淨化疾病和死的這種藥品，也許目的不在於死，而是在生。這種氣味，也許就是生的氣味。這種劇烈、殘酷的藥品的臭味，猶如晨風能給鼻腔爽快的刺激。

丈夫已經連續十天高燒四十度了，悅子就是坐在丈夫這樣的肉體旁。肉體被封閉在這種高燒中，痛苦地尋找出路。他活像臨近最後衝刺的長跑運動員，鼓起鼻翼在喘氣。躺在被窩裡，他的存在化為一種拚命不斷奔馳的運動體。而悅子呢？……悅子在聲援。

「加油！加油！」

……良輔的眼梢上吊，他的指尖企圖切斷衝刺線。然而，這手指只不過是抓住了毛毯邊罷了。那毛毯宛如充滿熱氣的乾草，而且散發著宛如躺在乾草上的野獸那嗆人的氣味。

早晨前來診察的院長，讓丈夫袒露胸膛。急促的呼吸使之顯得生氣勃勃，一觸摸，熱燙的皮膚就像噴出的溫泉湧到手指上。所謂病，說起來不正是一種生的亢進？院長把象牙聽診器按在良輔的胸膛，發黃的象牙聽診器壓出一點點的白色斑痕，旋即侵犯了充血的皮膚，到處泛起不透明的薔薇色小斑點。悅子見了，詢問道：

「這是怎麼回事？」

「這是……」院長厭煩般地開口了。這種口吻卻也說服人是充滿職業以外的親切感。

「薔薇疹……就是薔薇花的薔薇，發疹的疹。等一會兒……」

診察過後，院長把悅子帶到門外，若無其事地說：

「是傷寒。腸熱病。血液檢查的結果也好不容易出來了。良輔在什麼地方染上了這種病呢？據他說是出差期間喝了井水，是這樣嗎？……不要緊的。只要心臟沒問題，就不要緊……當然，這是異型傷寒，診斷晚了……今天辦好手續，明天轉到專科醫院去吧。因為這裡沒有隔離病房的設備。」

博士乾癟的指關節敲了敲貼有「防火須知」告示的牆壁，半帶厭煩地等著這個因照顧病人而疲憊不堪、眼圈發黑的女人的呼求和傾訴。「醫生，拜託您，請不要申報，就讓病人留在這兒吧。醫生！病人一搬動就會死的。人的生命比法律更重要啊。醫生！請不要讓他轉到傳染病醫院去吧。請關照一下，讓他住進大學附屬醫院的傳染病房吧。醫生……」——博士以演繹式的好奇心，等著悅子說出這老一套的哀訴。

然而，悅子沉默不語。

「累了吧？」博士說。

「不！」悅子以人們願意形容為「堅強」的語調說。

悅子不害怕感染。她想：這是唯一足以說明自己始終沒被感染的理由。她回到丈夫身邊的椅子上繼續織毛衣。冬天快到了，她在幫丈夫織毛線衣。這房間，上午寒冷。她脫掉一隻草鞋，用這隻穿著布襪子的腳背，摩挲另一隻腳的腳背。

「已經確診了吧？」良輔氣喘吁吁地以少年說話般的語調問道。

「是啊。」

悅子站起身來，本想用含有水分的藥棉濕潤一下丈夫那因高燒而乾裂脫皮的嘴唇。但她沒有這樣做，反而將臉頰貼在丈夫的臉頰上。病人長滿鬍碴的臉頰，猶如海邊的熱砂，燙著悅子的臉頰。

「不要緊的。悅子一定能把你的病治好，不必擔心。倘使你死了，我也會跟著你死（誰會注意到這種虛偽的誓言呢！悅子不相信作證的第三者，甚至不相信神這個第三者）……不過，這種事絕不會發生。你一定、一定會痊癒的！」

悅子在丈夫脫皮的嘴唇上瘋狂地親吻。嘴唇不斷地散發出宛如地熱的熱氣。悅子的嘴唇滋潤著丈夫那像長滿刺、薔薇似滲出鮮血的嘴唇……良輔的臉在妻子的臉下掙扎著。

……纏著紗布的門把動了，門扉微微地敞開。她注意到了，離開他的身體。護士在門後用眼睛向悅子示意，請她出來一下。悅子來到廊道上，只見走廊盡頭一位身穿長裙、罩毛皮短外套的女人正倚在窗邊。

她是照片上的女人。乍看像混血兒，牙齒完美無瑕得像假的，鼻孔像翼的形狀。她拿著花束，那濡濕了的石臘紙沾在深紅色的指甲上。這女人的姿勢有點像用後肢立起走路的野獸，身體不能自由動彈。也許是年近四十，眼角的小皺紋如隱蔽的伏兵似的會突然出現。看起來像二十五、六歲。

「妳好。」女人說。

帶點說不清是什麼地方的口音。

在悅子看來，愚蠢的男人的確會為這種女人的神祕感而珍視她；就是這女人一直帶給悅子痛苦。對悅子來說，那種痛苦和這種痛苦的實體之間，很難瞬間聯想到一起。悅子的痛苦，早已長成與這種實體無緣之物（儘管這麼說很奇怪），如今已更具獨創性了。這女人是被拔掉的齲齒，再也不會使她痛苦。好像治癒了假裝微不足道的病後、又被迫面臨真正的絕症病人那樣，悅子認為這個女人就是她痛苦來源的想法，只能斷定是自己的懦怯與馬虎。

女人出示了男人的名片，說是代表她丈夫前來探視病人的。是悅子丈夫公司經理的名字。悅子說，病房謝絕會客，不能領她進去。頓時女人的眉宇間彷彿掠過一道陰翳。

「但是，外子囑咐我親自來看看病人的病情。」

「我丈夫的病情，已經到了不能會見任何人的地步了。」

「我只求見一面，對我丈夫好有個交待。」

「先生親自來的話，我就讓他見一面。」

「為什麼我丈夫能見，我就不能見呢？哪有這種不合情理的事呀。聽妳的口氣，好像在懷疑什麼？」

「那麼，是不是要我重申一遍謝絕會見任何人，才心安理得呢？」

「這話有點不太合適了吧，妳是太太？是良輔先生的太太？」

「除了我以外，沒有哪個女人喊我丈夫良輔的。」

「請別這麼說。拜託啦，讓我見見吧。我拜託妳。這個，微不足道，請妳放在他身邊做裝飾吧。」

「謝謝。」

「太太，請讓我見見吧。他的病情怎麼樣？不要緊吧？」

「是活是死，沒有人知道。」

悅子的這番嘲笑刺激了女人。女人忘了檢點，盛氣凌人地說：

「那麼，好吧，我就是要進去見他。」

「請！要是妳不介意，就請便吧。」前方的悅子回過頭去說：

「妳知道我丈夫患的是什麼病嗎？」

「不知道。」

「傷寒。」

女人戛然止步，臉色一變，喃喃說：

「傷寒？」

她無疑是個無知的女人，猶如老闆娘一聽到肺病就會不停念叨：吉祥如意，吉祥如意，一副驚愕的樣子。這女人很可能還會劃十字架吶。壞女人！還在猶豫什麼呢？……悅子和藹地打開房門。對這女人出乎意料的反應，悅子十分滿意。不僅如此，悅子還將靠近丈夫頭部的椅子推得更接近病床，勸女人坐下。

事已至此，女人只好硬著頭皮走進病房。讓丈夫看看這女人的恐懼，多大快人心啊。

女人把短外套脫下，猶豫著不知放哪兒好。放在帶病菌的地方不安全，遞給悅子也一樣。悅子肯定侍候丈夫解糞便。結果還是不脫保平安……她又把它穿上，然後將椅子挪到離病床很遠處，這才坐下。

悅子把名片上的名字告訴了丈夫。良輔只看了女人一眼，沒有言語。女人蹺起二郎腿，臉色蒼白，默然無言。

悅子像個護士似的站在女人背後，凝視著丈夫的表情。不安的心緒使她喘不過氣來，心想：倘使丈夫、倘使丈夫一點也不愛這女人，怎麼辦？我不就白白痛苦了嗎？丈夫和我不就只是做了場徒勞、互相折磨的戲嗎？這樣一來，過去的我不就唱了空虛的獨腳戲嗎？現在，我無論如何都得從丈夫的目光中找到他對這女人的愛，否則就活不下去。萬一丈夫不愛這女人，以及我謝絕會見的三個中任何一個女人……啊，事到如今，這種結果太可怕了！

良輔依然仰臥著，羽絨被在動。羽絨被險些滑落。良輔的膝蓋還在動，被子順著病床沿滑落下來。女人悄悄縮了縮腳，無意伸手去撿。悅子驅前，將被子重新蓋好。

這數秒之間，良輔的臉轉向女人。悅子忙著替他蓋被，無法發現這般情狀。然而，憑直覺，她知道這時丈夫與女人正交換眼神。交換窺視悅子的眼神……這個連續高燒的病人……雙眉頻蹙，浮出一絲微笑，與那女人在擠眉弄眼。

雖說是憑直覺，其實是悅子藉由當時丈夫的臉部表情察覺到的。她察覺到，而且覺得光憑一般的了解辦法，也沒有人會了解，她也就釋然了。

「不過，你不要緊的，會治好的。你的心臟很強壯，不會輸給任何人。」女人不禁用毫不避諱的口吻說。

良輔那鬍碴臉頰上浮現出溫存的微笑（他從沒有向悅子流露過這種微笑，一次也沒有），氣喘吁吁地說：

「遺憾的是，這病沒能傳染給妳。妳遠比我更經得起折磨。」

「啊，這話未免太失禮啦。」

女人第一次衝著悅子笑了。

「我，我受不了啊！」

良輔重複了一遍。一陣不吉利的沉默。女人突然發出格格笑聲……

幾分鐘後，女人走了。

這一夜，良輔併發了腦炎。傷寒菌侵入腦中。

樓下候診室裡的收音機在高聲播放喧囂的爵士樂。

「真受不了啊！分明有重病人，收音機聲竟這麼肆無忌憚……」良輔訴說了劇烈頭痛，艱難地說了這麼一句。

病房裡的電燈掛上包巾半遮掩著，為的是讓病人不感到刺眼。是悅子沒有借助護士的手，自己站在椅子上將紗質布巾罩到燈上的。透過紗質布巾，照射在良輔臉上的光，反而投下濃綠色不健康的影子。在這影子中，他那雙充血的眼睛噙著熱淚，充滿憤怒。

「我下樓請他們把收音機關掉吧。」

悅子說了這句話，放下手中的毛線編織，起身剛走到門邊，背後立即響起可怕的呻吟聲。像是遭到蹂躪的野獸發出的吼叫聲。悅子回過頭去，良輔已在床鋪上支起了上半身，雙手像嬰兒的動作，猛抓住羽絨被，轉動著眼珠望著門口。

護士聽見聲音，走進了病房。敦促著悅子幫忙，她簡直像在收拾折疊椅那樣，讓良輔的身體橫躺下來，將他的兩隻胳膊放進羽絨被裡。病人呻吟著聽任她擺布。沒多久，他目光到處掃視了一遍，呼喊道：

「悅子！悅子！」

聽到他的呼喊，悅子認為他是從應該呼喊的幾個名字中挑選了這個，與其說它並非出自良輔自己的意志，毋寧說是他讀到了悅子的意志。如果真是如此，她要讓他再叫一次。她有種奇妙的確信，認為丈夫只是不過遵奉一個規則而呼喊這個名字罷了。

「你再叫一次。」

護士去向博士報告，早已離開房間。悅子抓住良輔的胸口，邊殘酷地搖晃著他邊說。於是丈夫喘著氣，再次叫喚：

「悅子！悅子！」

……那天深夜，良輔叫喚著含意不清的「真黑！真黑！真黑！真黑！」從病榻上跳了下來，把桌上的藥瓶和鴨嘴壺打翻在地，到處濺滿了玻璃碎片，他赤腳走在上面，扎得滿腳是血。包括打雜工在內的三個男人跑進來，好不容易才制止了他。

……翌日，良輔注射了鎮靜劑，被人用擔架抬上了救護車。六十多公斤重的軀體並不算輕。而且，那天一早就下雨，從醫院門廳到大門這段路，是由悅子撐著雨傘相伴的。

傳染病醫院……雨中，它的影子投在坑坑窪窪的柏油路上，直到鐵橋的那一邊。殺風景的建築物逼近時，悅子是多麼喜悅地凝視著它……孤島的生活，悅子渴望已久的理想生活形態即將開始……再也沒有誰能追到這裡來了。誰也不能進來了。那裡面，只生活著以抵抗病菌作為唯一存在理由的人。承認生命的不間斷，承認無須忌諱粗野、沒有規範的人眼目……夢話、失禁、血便、吐瀉物、惡臭……它們擴展著，而且每分每秒都在要求承認生命的粗野、無道德……正像在果菜市場上吆喝芹菜價錢的商人那樣，這裡的空氣無時無刻都必須不斷地呼喚：「活著，活著」……這忙亂的停車場，生命在進進出出，有出發的也有到達的，乘客有下車的也有上車的……揹著傳染病這種明確的存在形式而被一視同仁的這些運動體的群眾……在這裡，人類與病菌的生命價值往往近乎同等，患者和看護都化身為病菌……化身為那盲目的生命……在這裡，生命僅僅是為了獲得承認而辛苦地存在，討厭的慾望則並不存在。在這裡，幸福主宰一切。也就是說，幸福這種最容易腐敗的食物，是處在完全不能吃的腐敗狀態……

悅子在這種惡臭和死亡中，貪婪地生活著。丈夫不斷失禁，住院翌日即便血。發生了令人畏懼的腸出血。

儘管連續高燒，可是他的肉體沒有瘦削，也沒有蒼白。在堅硬、窮酸的病床上，他那帶光澤的紅潤軀體，如嬰兒般地閒躺著。他已經沒有力氣抵抗了。他時而懶洋洋地雙手捧腹，時而握拳上下撫摸胸口。偶爾還不靈光地將手舉在鼻孔前、張開五指，聞聞氣味。

說到悅子……她的存在已是一種眼神，一種凝視。這雙眼睛全然忘卻關閉，猶如任憑無情風雨吹颳進來也無法防禦的窗。護士們對她這種狂熱的照護都瞠目結舌。在散發著失禁惡臭的這個半裸病人身旁，悅子一天充其量只能睡一、兩個鐘頭。即使在這種時候，她也會作夢，夢見丈夫一邊呼喚自己的名字，一邊把自己拽進深淵——夢至此就驚醒了。

作為最後的措施，醫師建議給病人輸血。同時又委婉地暗示這是沒有指望的措施。輸血確實讓良輔稍稍安靜了些，繼續沉睡。護士拿付款通知單走了進來。悅子來到走廊上。

一個頭戴鴨舌帽、臉色不佳的少年，站在那裡等候著。一見她走來，他就默默地摘下帽子，施禮致意。他左耳上方的頭髮中有一片小禿點。眼睛稍斜視，鼻肉甚單薄。

「你有什麼事嗎？」悅子問道。

少年只顧擺弄帽子，右腳一味在粗糙的地板上畫著圈圈，沒有回答。

「哦，是這個吧！」悅子指著付款通知單說。

少年點點頭。

……悅子望著領了錢離去、穿著髒汙工作服的少年背影，心想：現在良輔體內循環著的血，就是這少年的血啊！這麼做也無濟於事的啊！應該讓有更多餘血的男人賣血才好。讓這樣的少年賣血，是種罪惡。為什麼不讓有多餘血的男人？……悅子驀地想起病榻上的良輔。把良輔淨是病菌的過剩的血賣掉才好。把這樣血賣給健康的人才好……這樣一來，良輔就會健康起來，而健康的人就會生病……這樣一來，撥給傳染病醫院的城市預算才有幫助……然而，不應該讓良輔健康起來。一康復，他又要逃跑，又要飛走……悅子朦朧地感到自己是在混濁的思考軌跡上運行。突然，太陽西沉，四周暮色蒼茫了。窗口展現白花花的朦朧暮色……悅子倒在走廊上，不省人事。

她只是輕度貧血，醫院強迫她在醫療部暫時休息。就這樣，約莫休息了四個鐘頭，護士前來通知說：良輔已在彌留之際。

衝著悅子的手支撐著的吸入器，良輔的嘴唇看來似乎在說些什麼。丈夫為什麼要用那種無法聽見的語言，拚命地，毋寧說愉快地、不斷地在說話？

悅子回想起當時的狀況：這時……我盡量支撐著吸入器。最後我的手僵硬，我的肩膀麻木。我用尖銳的聲音大喊：「請誰來替我一下，快點！」護士嚇了一跳，替我拿住吸入器……

其實我並不疲勞。我只是害怕。害怕那不知衝著誰在說話的丈夫、那無法聽見的話……難道又是我的嫉妒？抑或是我對這種嫉妒產生的恐懼？不得而知……如果我連理性都失去了，也許就會這樣喊道：

「趕快死吧！快點死吧！」

證據就是即使到了深夜，良輔的心臟依然跳動，沒有停止的跡象。這時，兩個要去睡覺的醫師交頭接耳地說：「說不定得救了。」我不是以憎惡的目光送走了他們嗎？……丈夫遲遲不死。這一夜，就是我和丈夫最後的搏鬥……

那個時候之於我，假使丈夫活過來，丈夫與我之間那不可靠的想像的幸福，與目前丈夫不可靠的生命幾乎沒有差別。要是獲得那種靠不住的幸福，我寧可獲得片刻短暫的幸福。這時，我覺得比起盼望丈夫那靠不住的生，倒不如看到他確實的死更容易些。事到如今，我的希望維繫在丈夫所能維持的每時每刻的生命，一如維繫在他的死一樣……然而，丈夫的肉體還活著，企圖背叛我……醫生透露願望地說：「或許是最危險期」……嫉妒的記憶又回來了。我的眼淚灑在右手裡良輔的臉上。而且，我的左手好幾次想從他嘴裡把吸入器拔掉。護士在椅子上打瞌睡。夜間的空氣冷颼颼的。透過窗戶，可以望見窗那邊新宿站的深夜信號機，和徹夜都在轉動的廣告霓虹。汽笛和隱約的車輪聲，夾雜著疾馳過的汽車喇叭聲，在空氣中劇烈地旋蕩。我用毛線披肩擋住從領口悄悄鑽進的冷空氣……現在，即使把吸入器拿掉，也不會有人知道，沒有人在看我。我不相信有人眼以外的目擊者……但我下不了手。直到拂曉，我不時兩手輪流拿吸入器。一直如此……是什麼力量使我下不了手呢？是愛情？不。絕對不是……因為我的愛是一心一意盼著他死……是理智？也不是。我的理智僅在確認沒有目擊者就夠了……是怯懦？也不會。連傷寒的感染都不怕了，我怎麼可能！……至今，我仍然不清楚那是什麼力量。

……但是，我明白了，在黎明前最嚴寒的時刻，這些都沒有必要。天空泛白，隨著清晨的到來，理應映出朝霞的雲朵斷層，卻一味使上空的氣氛愈發險惡了。良輔的呼吸突然變得明顯地不規則，好像吸夠乳汁的嬰兒那樣驀地轉過臉去，撇開臉上的吸入器，像把線切斷了那樣。我沒有驚訝。我把吸入器放在他枕邊，從腰帶間掏出一面手鏡。這是我兒時母親過世遺留下來的紀念品，背後還貼有紅錦緞的古色古香的手鏡。我把它貼近丈夫的嘴邊，鏡面沒有起霧氣。滿是鬍子的嘴唇清晰地映在鏡面上，彷彿要訴說什麼不平……

……悅子願意應彌吉的邀請來到米殿，或許是因為她打算去傳染病醫院，不是嗎？她到這兒來，或許是因為她打算回到傳染病醫院，不是嗎？

愈感受就愈覺得杉本家的氣氛，與傳染病醫院的氣氛一模一樣，不是嗎？無可名狀的靈魂腐蝕作用，用肉眼看不見的鏈條將悅子緊緊地拴住……

彌吉到悅子房裡催要修改衣服的那晚，確實是在四月中旬。

那天晚上直至十點，悅子、謙輔夫婦、淺子和兩個孩子、三郎，還有女傭美代齊聚在八疊寬的工作間裡，忙著製作裝枇杷用的紙袋，今年的枇杷裝袋工作開始得稍遲了些。往年從四月初就開始裝袋，但今年竹筍豐收，大家只顧採收竹筍，而稍許耽擱了枇杷。倘使不趁枇杷長到指頭般大的時候套上紙袋，汁液就會被長象鼻蟲全部吸光，所以必須黏貼數千個紙袋。大家圍坐在盛著漿糊的鍋前，一個個拿著堆在自己膝旁的舊雜誌頁，比賽黏紙袋。偶爾發現一些有趣的頁面，也無暇看上一眼，因為若是不趕緊黏，就追趕不上了。

特別是夜間作業，謙輔那張帶難色的臉就很值得看看了。他一邊黏紙袋，一邊不斷抱怨：

「真無聊，簡直是奴隸勞動嘛。有什麼理由強迫我們做這種工作。老爸已經先睡了吧。

好主意啊。這種工作幸虧大家順從地做了。鼓起勇氣鬧一場革命如何？不掀起一場提高工資的戰鬥，老爸就更得意忘形了。喂，千惠子，工資提高一倍怎麼樣？不過，我的工資是零，提高一倍也是白搭……什麼呀，這本雜誌刊登了『華北事變之時的日本國民精神』，真令人震驚……在它的背後卻登了『非常時期下的四季食譜』……」

大家已經黏了十個紙袋，謙輔由於說了這些話，好不容易才黏了一、兩個。或許他意識到自己幾近於零的生活能力正暴露在眾人面前，才動不動就抱怨，聊以解嘲。他猜想自己有可能當眾出醜，從而搶在別人前頭、做好出洋相的準備。其實他的這番吵鬧，在能夠對等爭吵的光榮中、懷著對丈夫滿腔尊敬的千惠子眼裡，似乎映現出某種冷嘲的英雄形象。她不時抱怨公公，是因為看透了一般體貼丈夫的女人的感情，與丈夫一同在心裡竭盡全力地輕蔑公公。這麼個天才女人，除了黏自己份內的紙袋，還要伸過手去悄悄幫丈夫黏好丈夫的配額。悅子看見她這份柔情，嘴角自然泛起了微笑。

「悅子黏得真快啊！」淺子說。

「我來做中場報告。」

謙輔說著，挨個檢查糊好的紙袋數。悅子第一，黏了三百八十個。

淺子對此毫無感覺，天真的三郎和美代則驚愕不已，謙輔夫婦對悅子的能力似乎感到有點毛骨悚然。悅子也知道他們會這樣。特別是對謙輔來說，像生活能力的代名詞的這些數目，對他是莫大的譏諷。所以，他挖苦道：

「嘿，我們當中，只有悅子能靠黏紙袋過活。」

淺子認真地接受了這句話，問道：

「悅子，妳是不是有黏信封的經驗呢？」

悅子很不喜歡這些人仰仗農村的微不足道的名聲，和戀戀不捨的階級偏見。戰國時代名將後裔的血液，可絕對無法容忍這些暴發戶的劣根性。她故意順勢反擊說：

「嗯，有啊。」

謙輔和千惠子面面相覷。議論秀氣、乍看文靜的悅子的特質，就成了當晚枕邊的熱門話題了。

那時，悅子對三郎這個人，幾乎沒有給予稱得上是注意的注意。就連他的姿態都沒有明晰的印象。這也很自然。三郎一言不發，不時對主人家屬們的閒聊露出微笑，同時埋頭用笨拙的手黏紙袋。他經常穿滿是補釘的襯衫，再套上一件彌吉送的不合身的舊西服，只有下半身穿的草黃色褲子是全新的。在昏暗的燈光下，他低著頭，端端正正地跪坐在那裡。直到八、九年前，杉本家一直使用白熱煤氣燈。了解過去的人都說，他們覺得還是煤氣燈更亮些。自從裝上電燈以後，反而只好依靠微弱的電力，微弱得一百瓦的燈泡也只能發出四十瓦的光。收音機只有在晚上才收聽得到。有時由於氣象變化，就完全收聽不到了……對了，說絲毫沒有給予注意，這不是真的。悅子黏紙袋，不時被三郎那笨拙的手所吸引，那粗粗、木訥的手，令悅子著急起來。她望了望身旁，只見千惠子正在幫丈夫黏紙袋。悅子也隱約覺得幫三郎並沒有什麼好奇怪的。這麼想著的時候，坐在三郎身邊的美代，剛好黏完了自己的配額，開始幫忙三郎。悅子目睹這情景，也釋然了……

她想：那時候，我放心了。對了，絕不是感到什麼嫉妒。甚至免除了負擔，稍微感到輕快些……這回，我有意識地極力不看三郎一眼。這種努力並不費事……我的沉默、我俯首跪坐的姿勢，以及我的專心，儘管沒看三郎，但最後我也不知不覺間模仿起三郎的沉默、姿勢和專注了……

……然而，什麼事也沒發生。

到了十一點，大家各自回到自己的寢室休息。

這天夜裡一點，悅子正在房間為彌吉修改衣服，彌吉走進來，邊抽著菸斗，邊問悅子睡得怎樣的時候，她有什麼感受呢？每天夜裡都朝向悅子寢室的老人的耳朵，整夜側耳靜聽走廊對面悅子房間裡起居動靜的老人的耳朵……眾人已經沉睡，在夜深人靜中，就像孤獨的動物屏住氣息、徹夜不眠的這雙耳朵，猝然使悅子感到親切。所謂老人的耳朵，不就像清淨而充滿智慧的、徹底洗淨的貝殼嗎？人類頭部最像動物模樣的耳朵，在老人的頭上活像智慧的化身。悅子覺得彌吉的這種心態不一定是醜陋，或許原因就在此？抑或是她以智慧感受到他的照顧與愛呢？……

不，不，這種美名未免太牽強附會了。彌吉站在悅子後面，望了望柱子上的掛曆，說：

「什麼啊，真夠懶散的。還是一週前的老樣子。」

悅子稍稍回過頭來說：「啊，真對不起。」

「有什麼好對不起的。」

彌吉愉悅地嘟噥一句，接著傳來連續撕日曆的聲音。聲音中斷。悅子旋即感到肩頭被人擁抱住，猶如矮竹般冰涼的手，探入了她的胸窩。她以軀體稍許反抗，卻沒有呼喊。並非想喊而喊不出來，而是沒有呼喊。

悅子這瞬間的思緒該如何解釋呢？或許這不過是自甘墮落？貪圖安逸？或許是她接受了，像口渴的人連漂浮著鐵鏽的濁水也要喝下？不會是那樣的。悅子並不渴嘛。不期望什麼，早就成了悅子的秉性。她似乎是為了再次尋求傳染病醫院——那種叫做傳染病的、可怕的自我滿足的根據地，才來到米殿村的吧……悅子大概只不過是像溺水者出於無宗而喝了海水那樣，遵循自然規律把它喝下去罷了。不期望什麼這件事，就等於喪失了取捨選擇的權限。既然如此，就得把它喝盡。哪怕是海水……

……然而，此後在悅子的臉上，也看不出溺死女人的那種痛苦表情。也許直到彌留之際，她的溺死都不會有人發覺。她沒有呼喊。這女人是主動地用她自己的手來堵住自己的嘴。

四月十八日是遊山的日子。這地方將賞花叫做「遊山」。這裡的習俗是，這一天人們終日休息，全家暢遊山間，探尋櫻花。

杉本家的人，除了彌吉和悅子，近來開始吃一種叫做筍泥的筍屑，已經吃膩了。本是佃農的大倉，把貯藏在小倉庫裡的竹筍裝上拖車，運到市場去販售，按品質分一等、二等、三等，按等論價。這些裝車運往市場後剩下來的筍子，其實是打掃小倉庫清掃出來的大量筍屑，杉本家的人在四、五兩月必須吃掉一鍋鍋的筍屑。

可是，遊山這天卻很講究排場。多層漆盒裡裝滿了美食佳餚，抱著花草席，一家人前去遊山，淺子就讀鄉村小學的長女最高興，因為這天學校也放假。

悅子想起來了……那是像小學課本插圖裡所描繪的、在明媚春色中度過的一天。大家都成了簡明插圖裡的人物。或許早已擔任了其中的一角……

空氣中充滿親切的肥料氣味——在村裡人親密的互動中，總覺得有那種肥料的氣味——

還有那漫天飛舞的昆蟲。空氣中充滿甲蟲和蜜蜂沉鬱的振翅聲，沐浴在陽光下燦爛的風中。在風中翺翔的燕腹……遊山的清晨，人們在家中忙著準備。悅子把五目散壽司的便當準備好後，透過格子窗，望見淺子的長女獨自在通往大門口的石階旁玩耍。由於母親的壞品味，她穿著一件像油菜花原色的黃色長袖毛衣。八歲小女孩低著頭蹲在那裡幹什麼呢？只見石階上放了一只冒著熱氣的鐵壺。八歲的信子出神地望著在石頭和泥土縫間蠕動的小生物……

原來是將熱水灌進巢穴口後，漂浮出來的密密麻麻的螞蟻，是在溢出蟻穴口的熱水中掙扎著的無計其數的螞蟻。快滿八歲的女孩，把剪成妹妹頭髮型的頭深深地埋在雙膝之間，默默地盯著這番景象。她雙掌捂著臉頰，連飄到臉頰上的頭髮也無意拂開。

……這景象令悅子心情一陣爽朗。在淺子發現鐵壺被拿走、從廚房裡出來叫喚女兒之前，悅子一直眺望著信子那小小的脊背——她身上的黃毛衣微微捲起來——簡直就像是望著某個時期自己的姿影……打這天起，悅子開始用僅有的母性去愛護這個與長得跟母親一樣醜陋的八歲女孩。

臨出發前，決定誰在家留守這個問題上，出現了小小的摩擦，結果大家採納了悅子的妥當意見，由美代留守。悅子看見自己漫不經心提出的意見，就這樣毫不費事地通過，不禁大感驚訝。其實理由很簡單，因為彌吉支持了她的意見。

從杉本家的土地盡頭到鄰村的小路上，他們排成一路縱隊行進時，悅子再次震驚於這一家族無意識地養成了令人不快的敏感反應。這樣敏感的動物式反應，如同工蟻對其他蟻穴的工蟻、女王蟻對工蟻，或工蟻對女王蟻，牠們僅憑觸覺和氣味就能嗅出來……然而，這一行人很自然地依次排成：彌吉、悅子、謙輔、千惠子、淺子、信子（比信子年幼、五歲的夏雄已託付給美代），最後是揹著蔓草花紋包巾大包袱的三郎。

這一行人從距屋後稍遠的田地一角穿過去。這片土地是彌吉戰前栽種葡萄的地方，戰後他才完全放棄了種植。三百坪土地中的一百坪種植了花兒盛開的矮桃林，其餘則一派荒蕪，有三間已經歪斜的溫室，而颱風幾乎把所有玻璃窗都颳破了；有腐鏽、積著雨水的汽油筒，有在化成野生葡萄的藤蔓……以及灑落在稻草堆上的陽光。

「真荒蕪啊！這回賺到錢就修理吧。」彌吉一邊用粗藤手杖捅了捅溫室的柱子，一邊說。

「爸爸總是這麼說，可這溫室大概將永遠保持這樣啦。」謙輔說。

「你是說永遠也賺不到錢嗎？」

「不是這個意思。」——謙輔有些得意忘形地爽朗說道：「因為爸爸賺到的錢，用來修理這溫室的往往不是太多就是太少啊。」

「不錯。你是繞著彎子說，給你的零花錢要麼太多，要麼太少，對吧？」

說著說著，一行人不知不覺間已來到夾雜著四、五棵山櫻的小山頂上的松林。這一帶沒什麼聞名的櫻林，所謂賞花，無非是在僅有的山櫻下攤開花草席罷了。可是，各株櫻樹下早已被捷足先登的農民占用了。他們看到彌吉一行人，便親切地打招呼。但是，無意像往昔那樣將位置讓給他們。

爾後，謙輔和千惠子一直在竊竊地說著農民們的壞話。大家按彌吉的指點，在大致能望及櫻花的斜坡一角上，攤開了花草席。一個熟悉的農民——約五十歲的男子，穿著發放物資的方格花紋西裝外套，繫著粉紅色領帶——手拿酒壺和酒杯，特意前來勸酒……謙輔滿不在乎地接過酒杯，一飲而盡。

為什麼呢？要是我，就不喝這杯酒——悅子望著此刻的謙輔，糊裡糊塗地在思考。思考著一些不值得思考的問題——謙輔為什麼要接受那杯酒呢？他不是一直在說這人的壞話嗎？倘使真想喝酒，接受敬酒也沒什麼奇怪的，可是一看就會明白，謙輔絕不是因為想喝什麼酒，只是因為對方不知道謙輔在說他的壞話、前來敬酒，謙輔高興才喝下酒的。無聊、不知廉恥的小小喜悅、嘲笑的喜悅、暗自輕蔑一笑的喜悅……世上竟有專為完成這種任務而誕生的人，上帝是多麼喜歡做這種徒勞的事啊。

接著，千惠子接受了敬酒。理由只是丈夫已經喝了。

悅子拒絕了。於是在她是個古怪女人的傳聞上，又增加了一條理由。

這天全家團圓，飄蕩著一種好不容易才造成秩序的氣氛。其實，悅子並非全以不悅的神色來接受。她滿足於彌吉無表情的高興，以及在他身旁、無表情的自己之間，猶如兩種物體的無表情的關係；滿足於三郎訥訥不擅於言辭、沒有話伴而顯得無聊的模樣。還滿足於對謙輔夫婦佯裝通情達理的反感，以及滿足於淺子身為母親的那副感覺遲鈍的模樣。這些秩序不是別人，正是悅子造成的。

信子手拿小野花靠在悅子的膝上，探問道：「伯母，這種花叫什麼名字？」悅子不曉得這花名，就問了三郎。

三郎看了一下，馬上將花遞到悅子手裡，答道：

「嗯，這叫金雀花。」

比起花名的奇異，他把花兒退還時的胳膊迅速移動，更令悅子驚愕。聽覺敏銳的千惠子聽見了他們的交談後說：

「他佯裝什麼都不曉得，其實不然。你不信，讓他唱首天理教的歌試試。他居然學會了，令人欽佩啊。」

三郎漲紅了臉，垂下頭來。

「唱呀，唱一下。有什麼不好意思的呢。唱一下啦。」千惠子說，拿出一顆水煮蛋，「那麼，這個給你。唱吧。」

三郎瞥了一眼千惠子手中的雞蛋。千惠子的手指上戴著鑲有廉價寶石的戒指。他那雙小狗般的黑眼珠閃動著銳利的光芒，接著說道：

「我不要雞蛋，我來唱。」

說罷，他的臉上浮現一絲勉強的微笑。

「什麼萬世的夥伴。」

「……是遙望。」

他恢復了認真的表情，視線投向遙遠彼方的鄰村，背誦敕諭似的背誦起來了。鄰村是塊小盆地，戰爭期間，陸軍航空隊的基地就設在這裡，將校軍官們從這牢固而隱蔽的建築物往返螢池機場。那邊的小河畔栽有櫻樹，興建了一所擁有小巧整潔庭院的小學。小學裡也栽有櫻樹。可以看見兩、三個孩童玩架在沙地上的單槓。看來恍如風吹而翻動著的小小廢線團。

三郎背誦的，是這樣一首詩：

遙望萬世的夥伴
主旨糊塗不明白
不曾告知何道理
委實難怪不明白
此番神靈顯尊態
彷彿對我來細說……

「戰爭期間，這首詩歌是被禁的，因為『遙望萬世的夥伴，主旨糊塗不明白』，從邏輯來看，就把天子也包括在內了。據說是情報局禁止的。」彌吉表現出他的學識淵博。

……遊山這天，什麼事也沒發生。

此後過了一週，三郎按往年慣例請了三天假去天理參加四月二十六日的大祭祀。他在故鄉的教會集體宿舍與母親會面，一起去參拜大殿。悅子沒去過天理。她曾聽說：那座雄偉的大殿是用全國教友的捐贈和稱作「檜新」的義務勞動建造起來的。大殿正中央築有一名叫「甘露台」的壇，據說一旦世界末日就會降下甘露的這個壇，每到冬天，風就會挾著幾片雪花，從它上方天窗似的通風口屋頂飄落下來。「檜新」……這個詞，含有新木的香味之意。

含有光明的信仰和勞動的喜悅之意。據說，上了年紀、不堪勞動的人參加時，就讓他們用手絹包土運送……

悅子心想……這些事都無關緊要。三郎不在僅僅三天，不管怎樣，對我來說，他的缺席所帶出的感情，才是真正的、新的感情。猶如園藝師把精心栽培的漂亮桃子放在掌心上掂量時的愉悅那樣，我也把他的缺席放在掌心上掂量，以此為樂。若問這三天他不在，我是不是會寂寞呢？絕對不會。對我來說，他的缺席彷彿是種充實而新鮮、有分量的東西。這就是喜悅。家中的每一角落，我都能發現他的缺席。諸如在庭院、工作室、廚房，以及他的寢室……

……他的寢室那扇外凸窗上晾曬著棉被。是藏青色粗布套的薄棉被。悅子到屋後的地裡去摘小松菜，準備晚餐做涼拌芝麻小菜。三郎的寢室朝西北，下午西曬，連室內深處的破拉門上也灑滿了陽光。當時，悅子走過去，不是為了窺視室內，而是被夕照中飄逸著的淡淡氣味、像俯臥在向陽處的小動物散發出的氣味所吸引。她自然地站在棉被旁，久久地站在那稍稍磨損、結實的粗布發出皮革似的氣味與光澤中，彷彿觸摸到有生命的東西似的，稀奇地用手指按了按它。手指感覺到棉花已曬得鬆軟，內裡充滿了暖烘烘的彈力。悅子離開那兒，往屋後田地常經過的絲栗樹蔭下的石階慢慢走下去……

……終於，悅子等得不耐煩，好歹再次進到了夢鄉。

三

燕巢空了。昨天之前確實還有燕子在的。

二樓謙輔夫婦的房間，朝東與南開著兩扇窗。夏季期間，一窩燕子就在門廳的簷下築巢，從朝東的窗可以望及，已成為熟悉的景致。

悅子到謙輔的房間還書。她倚著窗欄杆的時候，留意到了，說：

「燕子已經全飛走了。」

「比這更重要的，今天可以望見大阪城哩。夏天空氣混濁，可不容易看得見。」

謙輔將之前躺著閱讀的書闔上，然後打開了朝南的窗，指了指東南方地平線的上空。

從這裡眺望大阪城，它不像是建在堅實的土地上，倒像飄浮、浮游在空中。空氣清澄的時候，遠遠地似乎可以望及城樓的精神擺脫了城樓的實體、裊裊上升，居高臨下環視四方的姿影。大阪城的天守閣映現在悅子眼裡，猶如漂流者屢屢出現看見虛幻島影的錯覺。

悅子心想：那裡大概沒有人居住吧？該不會埋沒在灰塵中的天守閣裡，也有人居住。下了沒有人居住的論斷，她好歹才放下心來。這種不幸的想像力，甚至引起她揣摩臆測遠方的古老天守閣是否有人居住……這種想像力，經常來威脅她那什麼都不想的幸福根據。

「悅子，妳在想什麼呢？是想良輔的事，還是……」坐在外凸窗戶邊上的謙輔說。

這聲音——與往常迥異——不知怎的，聽起來酷似良輔，悅子意外地說出了真心話。

「剛才嘛，我在想那座城樓裡是不是有人居住呢。」

她不經意的淺笑，刺激了謙輔的嘲諷。

「悅子還是喜歡人啊！……人，人，人。妳的確健全，具有我所望塵莫及的健全精神啊！妳有必要對自己更坦率一些，這是我的分析判斷……這麼一來……」

這時，將晚吃過的早餐碗碟端到井邊洗涮的千惠子，恰巧端著蓋上抹布的托盤登上了二樓。她中指上勾著一個小包，危險地懸掛著。她沒放下托盤，就先把小包放到坐在窗邊的謙輔膝上。

「剛寄來的。」

「啊，是盼望已久的藥啊。」

打開看，是個小瓶，上面寫著「哮喘靈」幾個字，是美國產治哮喘的特效藥，由大阪一家貿易公司的友人弄到手後寄來的。直至昨日，託購的這些藥品還不見寄來，謙輔一個勁地埋怨那位朋友。

悅子看準這個時機，剛要站起來，千惠子就說道：

「喲，幹麼我一來妳就走呢，好像有什麼事似的。」

儘管悅子大致猜到她會這麼說，但這樣待下去，不知還會提出什麼話題來呢。謙輔夫婦有著厭倦者所特有、病態般的親切的心。人們的流言和強加於人的親切……鄉下人這兩種特性，不覺間裝成極高級的擬態，侵入了謙輔夫婦。這就是所謂批評和忠告的高級擬態。

「瞧妳說的，不能置若罔聞啊！方才我正忠告悅子呢。所以悅子才想溜走。」

「你不用辯解啦……不過，我也要對悅子提點建議。是絕對以悅子朋友的身分提出來的。應該說是鼓勵，這樣更貼切啊。」

「說吧。盡情地說吧！」

這番像是新婚夫婦的對話，實在讓旁人聽不下去。謙輔和千惠子被安置在寂寞的農村裡，每日每夜都在沒有觀眾的環境中持續表演這齣新婚的家庭劇……他們百演不厭地來回扮演這熟悉的角色，上演叫座的狂言。對自己扮演的角色，他們已經毫無疑問了。即使活到八十歲，他們也會繼續演下去，或許會被人稱為形影不離的夫婦吧……悅子不理睬這對夫婦，轉過身就下樓去了。

「還是走了。」

「噢，我帶瑪基去散步囉。回來再談吧。」

「妳真是個有鋼鐵意志的人啊。」千惠子說。

農閒期的上午，距收割還有一段時間的閒暇季節是非常寧靜的。彌吉去修整梨園。淺子時而揹著夏雄，時而讓他自己走。學校放「秋分」假，信子也一起到村裡配給所去領取配給嬰兒的發放物資。美代悠閒地打掃完一個房間，又打掃另一個房間。悅子解開繫在廚房門前樹上、拴住瑪基的鍊條。

彌吉到了箕面街，心想：繞道去鄰村看看？昭和十年（一九三五）時，彌吉夜間獨自走這條路，據說孤狸一直尾隨、跟到了箕面街……但是，這條路他整整走了兩個鐘頭。去墓地嗎？……這又太近了。

瑪基跑動時鏈條的震動傳到了悅子的掌心。她任瑪基牽著走。走進了栗樹林，秋蟬啼鳴不已。日光斑斑點點地灑落一地。枯葉下面已經出現乳牛肝菌。彌吉將這周圍的乳牛肝菌充作他和悅子的專用品。信子漫不經心地摘來玩，曾挨過彌吉的打。

農閒期的這種強制性休養，每天都為悅子的心靈帶來沉重的負擔，猶如毫無自覺症狀的病人遭強制休養那樣。失眠愈發嚴重。這期間，她怎樣打發時間才好呢？現在每天的日子實在太長、生活太單調了。倘使反思過去，這種痛苦會波及一切。悅子只能用早已沒有休假條件的畢業生似的眼睛，去觀察那些飄浮在風景上、季節上的閒暇之美……但是，她的情況又不盡然相同。她從學生時代就討厭暑假。放暑假簡直是盡義務。是必須自己走路、自己開門、自己投身到戶外陽光裡的義務。這對於從小不曾自己穿過布襪子、不曾自己穿過衣裳的女學生來說，不如每天被強制去學校，心情上更自由、舒暢……儘管因此成了都市式厭倦的俘虜。農閒期具有多麼不慈悲的光明啊……是什麼在唆使悅子呢？是經常使她感到在盡義務的一種壓迫般的饑渴。是害怕把水喝下去、當即會引起嘔吐卻又祈求水的一種饑渴。

這些感情的元素，也存在於拂過栗樹林的風中。這些風早已失去颱風的凶暴，如今是屏住氣息、從悄悄地搖曳著的葉子下邊掠過。在這微風中，悅子覺得彷彿存在似是誘惑者的姿影……從佃農家那兒傳來用斧頭劈柴的聲音。再過一、兩個月，又將開始燒炭了。林子盡頭掩埋著一個大倉每年為杉木家燒炭的小炭窯。

瑪基拽著悅子在林中到處溜達。她那孕婦般懶洋洋的步子，不由自主地變成快活的步調了。她照例穿一身和服，像是為了怕被樹墩刮破，稍稍地提起衣裳的下襬，跑著。

狗忙不迭地嗅聞味道。那粗重的呼吸，看起來肋骨也在動。

林子一處的地面隆起，像是土撥鼠留下的痕跡。悅子和狗都把目光投向那裡。她嗅到了淡淡的汗味。三郎站在那兒。狗攀上他的肩膀，舔了舔他的臉頰。

三郎笑著想用沒有扛鋤頭那邊的手把瑪基推下去，可是瑪基糾纏不放，推不下去，他說：

「少奶奶，請拉拉鏈條。」

悅子才回過神來，立即拉了拉鏈條。

這恍惚的一瞬間，要說她看到什麼，她所看到的，是在他想把狗推下的時候，左肩扛著的鋤頭好幾回順勢蹦上空中。是鋤頭帶著半乾泥土、刃尖上的青白色在林間篩落下來的陽光中跳躍的晃動。悅子心想：危險啊！說不定鋤刃就要掉在我頭上啦。

——這是明確的危險意識，她卻莫名地放下心來，一動也不動地待在那兒。

「到哪兒去耕種？」

悅子問，依然不動地站在那兒，因此三郎也沒有邁開腳步。倘使就這樣邊說邊折回去，住在二樓的千惠子一定會看見他們倆並肩而行。但是如果她往前走，三郎還得折回來。悅子原地止步，是她瞬間計算出來的結果。

「去茄子地，我想把茄子採收完後立刻再播種。」

「留到明年春天耕種也可以嘛。」

「嗯。不過，現在閒著沒事。」

「你閒不住啊。」

「嗯。」

悅子盯著三郎那曬黑的柔軟頸部。她喜歡他不拿鎬頭就待不住的內在過剩熱能。她還喜歡這個缺乏感受性的年輕人，與她一樣覺得農閒期是種負擔。

她忽然把視線投在他那雙赤腳直接穿著的破運動鞋上。

她心想：……事到如今，唉！散布我流言蜚語的人，倘使知道我光是為了送襪子都猶豫不定，不知該做何感想呢？村裡人風傳我是行為不檢的女人，但他們的放蕩行為遠遠超過我不知多少倍，卻滿不在乎。我行動的困難，是從哪兒來的呢？我別無所求。我可以肯定，某天早晨我閉上眼睛的時候，世界將會改變。這樣的早晨，這樣純潔的早晨，也該運轉到這兒來啦。不屬任何人所有，不因任何人企求而到來的早晨……我卻夢見這一瞬間。我別無所求，而且我的行為竟徹底背叛了這種別無所求的我。我的行為微不足道，不引人注目……

……對了。對昨夜的我來說，哪怕僅僅是考慮把兩雙襪子送給三郎，都是極大的安慰……此刻卻不是這樣……把襪子給他，這又有什麼意義呢？……他會怯生生地笑著說聲「謝謝」吧？……爾後，他會背對著我、若無其事地走開吧……這是明擺著的事。那麼，我豈不是太慘了嗎？

在這痛苦的二擇一中，我曾冥想苦思、煩惱了好幾個月，這又有誰會知道呢？自四月下旬、天理的春季大祭祀起，至五月、六月……漫長的梅雨季，七月、八月……酷熱的夏季，之後九月，怎麼回事，我竟想再次體驗丈夫彌留之際曾體驗過的那種可怕、激烈的肯定。那才是真正的幸福啊……

此處，悅子的思考突然轉變了。

她又想：儘管如此，我是幸福的。誰都沒有權利否定我是幸福的。

……她佯裝費勁似的，從和服袖兜裡掏出了兩雙襪子。

「這個，給你。這是昨天在阪急百貨公司買給你的。」

三郎一臉詫異，認真地回頭看了看悅子。所謂「一臉詫異」其實是悅子的臆測。他的視線裡不過是含著單純的詢問而已，毫無疑惑的成分，因為他不理解這個平素冷漠的年長婦女怎麼會突然送襪子給他……然後，他覺得長時間沉默等於不禮貌。於是，他微笑著把沾滿泥巴的手在臀部上擦了擦，接過襪子。

「謝謝。」

三郎說，把穿著運動鞋的雙腳後跟併攏，敬了個禮。他敬禮有個毛病，就是腳後跟很自然就併攏在一起。

「別跟任何人說是我給的呀。」悅子說。

於是，他把新襪子隨隨便便地往口袋裡一塞，就走開了。

……僅此而已。什麼事也沒發生。

難道從昨晚起，悅子所渴望的，就是這丁點兒事嗎？不，不會只是這樣。對悅子來說，這些細節猶如安排儀式一般，是計畫周全、布置緊密的。這些小事，都會在她內心引起什麼變化……雲朵飄忽而去。原野上籠罩著陰影，風景簡直變成另一種意義的東西……人生乍看似乎也存在著這種變化，只要稍微改變看法，就可能變成另一種東西。悅子十分傲慢，她甚至確信自己即令深居簡出，也可能碰上這種變化。歸根究柢，人的眼睛倘使不化為野豬的眼睛，是完成不了這種變化的……她依然不想承認這種事實：我們只要還有人的眼睛，無論看法怎樣改變，終究只會得出同樣的答案。

……然後，那天突然忙碌起來。是奇妙的一天。

悅子穿過栗樹林，來到小河畔草叢茂密的土堤上。近旁架著一座通往杉本家門口的木橋。小河對岸是竹林。這條小河與沿著靈園流淌的小溪匯合後，立即形成直角、改變水路，向西北的一片稻田流去。

瑪基俯視著河面吠叫起來。原來是銜著涉水撈鯽魚的孩子們吠叫。孩子們異口同聲地咒罵這隻愛爾蘭雪達犬的老狗。儘管看不見，卻想像出牽狗鏈的人，照搬父母背地裡罵人的話，大罵年輕寡婦如何如何。悅子在土堤上一露出身影，孩子們就揮舞著魚籃跑到對岸的土堤上，狼狽地竄進陽光明媚的竹林裡。在明媚的竹林深處，竹子下邊的竹葉意有所指似的在搖曳著。也許他們還躲藏在那附近呢……

接著，竹林那邊傳來了自行車的鈴聲。不一會兒，郵差出現在木橋上，他跳下自行車，推著車子走過來。這個四十五、六歲的郵差有跟人討東西的毛病，大家都很頭痛。

悅子走到橋那邊，接過電報。郵差說：沒有圖章就簽字吧。即使在這鄉村，簽字程度的英語也普及了。因此郵差直盯著悅子掏出的鉛筆型細長圓珠筆——

「這是什麼筆。」

「圓珠筆。是便宜貨。」

「有點特別嘛。讓我瞧瞧。」

他一個勁地讚賞，幾乎要開口要了。悅子毫不吝惜地將筆送他，拿著彌吉的電報登上了石階。她覺得挺可笑的。給三郎微不足道的兩雙襪子就那麼困難，而把圓珠筆給了這個喜愛索討東西的郵差卻這麼容易。她想：……理應如此嘛。只要不存在愛的話，人與人之間的交往就能輕鬆自如。只要不存在愛的話……

杉本家的電話早已跟鋼琴一起賣掉了。以電報代替電話，沒什麼急事也有從大阪發來的電報。杉本家的人，即使深夜接到電報也不會吃驚。

但彌吉展開電報一看，臉上隨即露出了喜色。發報人宮原啟作是國務大臣，是彌吉的晚輩，也是接他班的第二代關西商船公司社長，戰爭結束後才步入政壇。此刻他為競選遊說，正在九州旅行的途中。他有半天時間小憩，傍晚將來造訪彌吉三、四十分鐘……令人震驚的是，訪問日期就是今天。

剛好彌吉的房間來了客人，是農業工會的幹部。在中午時分還覺著熱的天氣裡，這客人卻隨便把工作服當作薄睡衣披在身上；他是來查核交售糧食物資的。被青年團把持的前任幹部十分腐敗，所以今夏改選了幹部，這客人是新當選的幹部之一，專程前來聆聽舊地主的高見。這地方尚屬保守黨的地盤，他確信當今這樣的處世方法是最合時宜的。

他看見彌吉讀電報時喜形於色的樣子，就詢問彌吉有什麼佳音。彌吉有點躊躇，好像是可喜的祕密，不願讓人輕易打聽到似的。結果，還是不得不坦白。過分克己，對老人的身體有害。

「電報說那位叫宮原的國務大臣要來拜訪。是非正式的拜訪，所以希望不要告訴任何村民。他是來休養身心的，倘使興師動眾、讓他困擾，我就對不起他了。宮原是我高中時代的低年級同學，比我晚兩年進關西商船公司呢。」

……客廳裡擺設著兩張沙發和十一把椅子，很久沒有人坐過了，活像等得不耐煩的婦女，潔白的麻布椅套現出的是無可挽回的感情枯竭。但是，只要站在這房間裡，不知怎的，悅子就感到心神安寧。晴天時，她的任務是在早晨九點將這房間的所有窗戶打開，於是朝東的窗戶一起透進了上午的陽光。在這季節裡，陽光大致要照射到彌吉的青銅胸像的臉頰附近才勉強止住。剛到米殿村時，一天早晨，悅子打開這窗戶，不禁愕然：花瓶裡養著的油菜花中竟有不計其數的蝴蝶飛了出來。牠們迄今彷彿一直屏住氣息、就等待著這一瞬間，窗扉一敞開，牠們便一起振翅，爭先飛向了戶外。

悅子和美代一起仔細地撣去灰塵，用白蠟抹布揩過一遍，再將裝著天堂鳥標本的玻璃盒子上的灰塵拂去。儘管如此，滲在家具和柱子裡的霉味還是拂除不掉。

「不能設法除掉這種霉味嗎？」悅子邊用抹布揩拭胸像，邊環視了四周，接著這樣說道。

美代沒有回答。這半迷糊的農村姑娘踩在椅子上，面無表情地撣去匾額上的灰塵。

「這味道真重啊。」

悅子再次用明確的口吻自言自語了一句。美代依然站在椅子上，面向悅子這邊答道：

「是，是真重啊。」

悅子惱火了。她想：三郎和美代兩人的應對能力都有這種土氣的遲鈍，為什麼表現在三郎身上時，悅子感到心靈上的安慰；而表現在美代身上時，悅子就覺得惱火呢？不為別的，正是因為美代與三郎，比自己與三郎更為相似，這才惹惱了悅子。

悅子推想，傍晚時分，彌吉肯定會落落大方地勸大臣坐在這張椅子上。她於是試坐了一下這張椅子，一臉她在想像大臣這個大忙人以夾雜著憐憫與大方的表情，環視著被社會遺忘了的前輩的客廳的樣子。似乎大臣將他分秒必爭、值得競標似的一天中的幾十分鐘，當作這次訪問的唯一禮物帶來，大概打算慎重地把它親手交給主人吧。

「這樣就行了，不需要準備什麼。」

——彌吉裝出一副幸福似的陰沉面孔，對悅子反覆地說道。不禁令人想著，說不定這位身居要職的大臣此番造訪，會帶給彌吉出乎他意料的、東山再起的開端呢。

「怎麼樣，請你再度出馬行嗎？戰後那些不知天高地厚的新人飛揚跋扈的時代已經過去了，不論政界還是實業界，經驗豐富的老前輩重整旗鼓的時代到來了。」

經他人這麼說，彌吉的嘲諷、他那戴上自卑面具的嘲諷，無疑會立即插上雙翅，大放光彩。

「我已經無濟於事了。這般老朽，不中用啦。就是務農，也會被人說是老了還逞強？要說我能幹些什麼，充其量只是擺弄盆景罷了……但我並不後悔。我已經很滿足了。在你面前說這種話，或許不大合時宜。不過，我覺得在這個時代，最危險的莫過於漂浮在時代的表層。隨時都可能被翻倒，不是嗎？這個世界的一切都只注重外表。要是和平是外表，那麼不景氣也是外表。這樣看來，要是戰爭是外表，那麼好景氣也是外表。許多人生死在這外表的世界上。因為是人，生死是理所當然的。這是當然的事。然而，在這僅是外表的世界裡，卻找不到足以豁出性命去做的事，不是嗎？為『外表』而豁出性命，那就太滑稽了。而且，我這個人不豁出性命就做不了事。不，不僅我如此。假如想要做出一番事業，一番真正的事業，不豁出性命來是做不成的。我是如此認為。應該說如今活躍在社會上的人們太可憐了，他們沒有足以豁出性命去做的事，卻又不得不去做。唉，就是這麼一回事……這且不說，我已老朽，來日無多，只是硬充好漢，請別生氣。我已老朽了。是無用的東西。是取酒剩下的、只能做酒糟的渣滓。再沒有什麼比從這種渣滓中再榨第二次酒更殘忍的事了。」

彌吉要讓大臣嗅的鼻藥是「悠悠自在」，要讓人聯想到：聞名利欲皆徒然。這種鼻藥能帶來什麼呢？就是大概會給彌吉的隱居生活予社會的評價吧。會讓人對厭世的老鷹那隱藏起來的鋒利指爪，提出過高的評價吧。

朝飲木蘭之墜露
夕餐秋菊之落英

彌吉喜歡離騷經中的這句對白，並在匾額上親自揮毫，掛在客廳裡。一代富豪能有如此情趣，自然很不容易。如果說，天生的乖僻養成了他的審美觀，那麼這種佃農式的乖僻或許會在什麼地方制止住他的野心。出身好的人，是甚少這般風雅的。

杉本家忙極了，一直忙到下午。彌吉一再說，迎客沒有必要大肆鋪張，可是大家都知道，如果按他說的去做，肯定會惹他不高興。謙輔獨自悄悄躲在二樓上，逃避了勞動。悅子和千惠子很輕鬆地準備了萩餅，並著手準備萬一必須的晚餐，連祕書官和司機的份也都備好了。大倉的妻子被叫來殺雞。身穿碎白道花紋布夏裝的她向雞舍走去。淺子的兩個孩子興高采烈地跟著。

「別去！我不是早就說過，不許你們去看殺雞嗎？」

房裡傳來淺子的叫喊。

淺子不會烹飪，也不會裁縫，卻自信有足夠的才能向孩子們傳授小市民式的教育。每次信子從大倉的女兒那裡借來紅皮漫畫書，淺子都非常生氣，她會把漫畫收走，然後將英語圖解的連環圖畫拿給孩子。信子用藍色蠟筆亂塗公主的臉，以示報復。

悅子從櫥櫃裡把春慶漆的小餐桌拿出來，一個個擦拭乾淨。她的身子微微顫抖，等著聽挨了刀的雞哀叫。她往小餐桌上哈氣，又擦了擦。米黃色的漆由朦朧變為晶亮，連悅子的臉都映出來了。在這不安的反覆動作中，她想像著宰過雞的倉庫光景。

倉庫與廚房後門相連。走路外八的大倉太太拎著一隻雞走進倉庫。下午的陽光只照到倉庫內的一半地方，陰暗部分就顯得更昏暗了，要靠深灰色的鍛鐵反射劃出來的輪廓，才能勉強辨別出放在深處的鍬和鋤頭。有兩、三塊開始腐朽的雨窗靠在牆上。有畚箕、有給柿子樹噴殺蟲劑硫酸銅用的噴霧器。大倉太太坐在小木椅上，在她粗木節般的膝蓋間緊緊夾住掙扎的雞翅。這時她才發現倉庫門口那兩個緊跟著自己過來的孩子，正盯著自己的一舉一動。

「這可不好啊，小姐。要挨媽媽罵的呀。到那邊去吧。小孩不能看喲。」

雞在使勁啼鳴。雞舍那邊的友雞聽見動靜，也應聲鳴叫起來。

在逆光的陰影中，只見信子和她牽著手的年幼夏雄一直站在那裡，目光炯炯，驚訝地注視著大倉太太的動作。她低著頭，凌駕在使盡渾身解數振翅掙扎的雞之上，不耐煩似的把雙手伸到雞脖頸處。

——片刻，悅子便聽見混亂的、不知怎麼鳴叫才好、應急的、聲嘶力竭的、令人煩躁的雞鳴聲。

彌吉竭力掩蓋因客人遲遲未出現而泛起的焦灼情緒，佯裝出一副並沒有不耐煩的樣子。不過，這種姿態充其量也只能維持到下午四點。庭院楓樹下的陰翳變得濃重時，他那焦躁不安的神情才開始直率地流露。他異乎尋常地抽了大量的菸絲。爾後，又匆匆忙忙地整理梨園去了。

為了他，悅子走到墓地門前的公路盡頭，看看有沒有朝杉本家駛來的高級轎車；她憑倚橋桁，眺望著緩緩蜿蜒遠去的公路彼方。

悅子從一端眺望著：鋪設到這裡就半途而廢的公路、收割前豐收在望的莊稼、林立的玉米地、叢林及掩映在其中的小池沼、阪急電車的軌道、村道、小河，還有穿梭於這些地方之間、目力所及的汽車公路……看得她都有些神志不清了。她想像有輛高級小轎車，沿著這公路一直駛到她的身旁戛然停住，彷彿超越了空想，甚至接近於奇蹟。她向孩子們探聽，據說晌午的此地暫停過兩、三輛小轎車。然而，現在卻無此可能。

她想：對了，今天是秋分。可這是怎麼回事？為了不讓眼尖的孩子搗亂，上午做好的萩餅，裝進多層漆盒裡後就放到櫥櫃內了。現在大家忙得誰也想不起這件事；我曾去佛壇前叩拜，但也和平日一樣，只是上上香而已，成天只顧盼著活人來訪，盼到不耐煩，大家的心都把死者忘得一乾二淨了。

悅子看見前來掃墓的一家人，按先後順序熱熱鬧鬧地從服部靈園的門口走出來；是一對常見的中年夫婦，偕同四個孩子，其中一個是女學生。孩子們不輕易成群結隊，他們時而不斷折回頭，時而又跑到最前面。仔細一瞧，原來他們是在可供迴車的圓形草坪上玩捉蝗蟲的遊戲。誰不踏進草坪又能捉到最多就算贏。草坪漸漸籠上暮色。門口可以望及的深處是墓地，繁茂的樹林和草叢彷如飽含水分的棉花，漸漸溶在陰影裡。唯有遠處丘陵斜坡上的墓地，還殘留著落日的餘輝，在墓石和常綠樹上閃閃爍爍。也唯有這斜坡在靜靜的落日餘輝下，看似一張人的臉。

這對中年夫婦對孩子們漠不關心，只顧邊走邊微笑地交談。悅子覺得這未免有點不通人情。按照她的羅馬式（romanesque）的想法，丈夫一定會外遇，妻子則飽受折磨，中年夫婦不是覺得厭倦、懶得張嘴，就是互相怨恨、懶得啟齒，二者必居其一。然而，紳士身穿花俏條紋上衣和款式與眾不同的褲子，夫人穿著淡紫色西服裙，拎著一只購物袋，暖水瓶從中探出頭來，簡直像是與故事毫不相干的人。這些人屬於那種把人世間故事當作茶餘飯後的話題、隨後就忘得一乾二淨的族群。

夫婦倆來到橋畔，揚聲呼喚了孩子們。爾後，不安地掃視了一遍前後都寥無人影的公路。最後，紳士走近悅子身邊，謙恭地探詢道：

「請問從這條路怎麼去阪急的岡町站？」

悅子告訴他一條捷徑，經過田園、穿越府營小住宅區就可到達。這時候，夫婦倆聽了悅子那正確無誤、東京靠山高級住宅區的人所使用的語言，不由地瞠目結舌。不覺間，四個孩子也圍攏過來，仰望著悅子。一個約莫七歲的男孩在她面前悄悄地伸出拳頭，稍稍鬆了開，說：

「妳看。」

從男孩的小指縫間，可以看見一隻蜷曲著身子的淡綠色蝗蟲，在指頭的陰影中時而慢慢地伸展腿腳，時而又將腿縮回去。

大女孩從下面粗暴地打了男孩的手。這一巴掌，使男孩不由自主地張開了手掌，趁機飛出來的蝗蟲落在地上，蹦了幾下，就鑽進路旁的草叢裡，不見蹤影了。

姊弟倆開始爭吵。雙親邊笑邊責備。一行人向悅子以眼神致意，又按老樣子繼續他們悠然自在的行軍，從草叢茂密的田間小徑遠去了。

悅子忽地想到，自己身後是不是就停著一輛杉本家急盼的小轎車呢？於是她回頭環視了一圈，公路上仍然不見小轎車的影子。路上的陰影益發濃重，天色變昏暗了。

直到眾人就寢時分，客人還是沒有來訪。全家籠罩在沉悶的氣氛中，他們模仿著焦灼得不願說話的彌吉，無可奈何地裝出一副猜想客人可能還會出現的模樣。

自從來到這個家，悅子不曾見過全家如此等候過一個人。也許彌吉忘了，他還沒提起彼岸節秋分祭祀的事。他在等待。繼續等待。希望與絕望輪番折磨他，猶如過去悅子盼望著丈夫回家那樣，處在毫無目標、將一切事物都置之不理的狀態下。

「還會來的。不要緊，還會來的。」

誰都不敢說這句話。倘若真這麼說了，反而覺得客人肯定不會出現了。

悅子多少理解彌吉的心情，但她不認為彌吉今天整日所懷抱的希望，僅止於獲得高升的機會。毋寧說遭自己企盼的人所背叛，更令他傷心的，是被竭力輕蔑的人所背叛；這是捅到脊背上的一把匕首。

彌吉後悔讓農業工會的幹部看了那份電報。這傢伙一定會藉機給彌吉貼上「被唾棄的男人」的標籤吧。這幹部硬說非要看大臣一眼不可，就在杉本家一直待到晚上八點左右，勤奮地到處幫忙，也因此將彌吉的焦灼、謙輔背地裡的半嘲弄、舉家歡迎的準備情形，逐漸到來的夜晚、疑惑以及行將肯定喪失的希望，盡收眼底。

對悅子來說，她在這天吸取到的教訓是：對任何事情都不能抱有期待。與此同時，她對希望破滅了的彌吉那種千方百計地、設法不使自己的心受傷的苦苦掙扎，竟生出奇妙的親愛之情——這是到米殿村以來的頭一遭。也許那封惡作劇的電報，是彌吉在大阪的眾多知交之一，趁著宴席興起，在半醉半醒下隨便寫來的吧。

悅子對彌吉間接地表達了溫存。她警惕著不讓他誤認為是同情，採取了一種不引人注目的穩定手段。

晚上十點過後，沮喪的彌吉帶著前所未有的謙卑的恐懼，思考了良輔的事。他在心靈的一角上，把玩著一生中不曾想過的所謂罪惡的念頭。他覺得這念頭變重了，若咀嚼它，舌頭會嘗到苦楚的甜味；任憑對待，也可能是在討好心靈。證據就是，今晚的悅子看起來比以往任何時候都美。

「秋分祭祀終於熱鬧地過去了。待到良輔忌日，咱們一起去東京掃墓吧。」他說。

「讓我去嗎？」悅子藉由詢問的方式，以聽來充滿喜悅的口吻說。頓了片刻，又說：

「爸爸，你對良輔的事，大可不必放在心上；他還活著的時候，早已不屬於我了。」

……此後兩天，陰雨連綿。第三天，即九月二十六日，天放晴了。一大早全家就忙著洗累積的髒衣物。

悅子在晾曬彌吉滿是補釘的襪子（他會因為悅子替自己買新襪而生氣吧）之際，忽然惦掛起三郎不知怎樣處理那兩雙襪子。今早照面時，他依然是赤腳直接穿上那雙破舊的運動鞋——而且增添了些許親近感，帶著微笑說：「少奶奶，早！」運動鞋的破口處，露出他那骯髒的腳踝上幾道似是被草葉劃破了的小傷痕。

她想：或許是留待出門才肯穿上吧。又不是什麼昂貴的物品，農村少年的想法真是……

但她又不好去問他為什麼不穿襪子。

廚房前的四棵大絲栗樹，枝椏縱橫交錯地繫著麻繩，上面掛滿了洗淨的衣物，迎著穿過栗樹林颳來的西風招展著。拴著的瑪基衝著在頭上飄揚的這些白色影子戲耍；好幾次變換蹲坐的姿勢，像是又想起來似的斷斷續續地吠叫著。悅子晾曬完畢，在晾曬衣物之間轉了轉。這時，風愈颳愈大，把還濕漉漉的白色圍裙猝然颳到她的臉頰上。這清爽的一巴掌，搧得悅子的臉頰熱辣辣的。

三郎在哪兒呢？

她閉上眼睛，想起今早看到他那留有傷痕的骯髒腳踝。他的小脾氣、他的微笑、他的貧窮、他的衣服破綻，這一切悅子都很喜歡。尤其是他可愛的貧窮！因為在悅子面前，他的貧窮扮演著候補演員的角色，意即他雖是男子漢，卻有處女所珍惜的羞澀。

她想：或許他正在自己的房間裡認真地埋頭讀武俠小說呢？

悅子用圍裙的下襬擦了擦雙手，穿過廚房。廚房後面的木門旁放著一只垃圾箱，是美代平時扔殘羹剩飯和爛菜的汽油桶。垃圾滿後，她就倒在挖成兩疊寬的坑裡去造肥。

悅子在汽油桶裡發現了意外之外的東西，戛然停下腳步。是從發黃了的菜葉和魚骨下面露出來的、色彩鮮豔的一塊新布。這深藍色，她很眼熟，便輕輕將手指伸進去，把布拽了出來。原來是襪子。一雙深藍色的，下面還露出一雙茶褐色的，全無穿過的痕跡。百貨商店的商標上面依然釘著金屬絲線。

這意外的發現，令她停步、佇立良久。襪子從手上落下，躺在垃圾箱中汙穢的殘羹剩飯上。大約過了二、三分鐘，悅子環顧四周，宛如要埋葬胎兒的女人那般，匆匆將兩雙襪子埋在發黃的菜葉和魚骨下。她洗了手。洗過手，她一邊用圍裙再揩手，一邊繼續尋思。思緒紛繁，難以集中。未整理集中之前，一股無以名狀的怒火湧上心頭，決定了她的行動。

三郎在三鋪席寬的寢室裡正要換下工作服，就發現悅子出現在凸窗前。他有點驚慌失措，扣上了襯衫鈕子，端端正正地跪坐下來。袖釦還來不及扣上。他瞥了一眼悅子的臉。悅子還不想說什麼。他把袖釦扣好，保持沉默。看見她的臉毫無表情，三郎不禁愕然。

「前些日子給你的襪子怎樣處置了？能讓我看看嗎？」悅子格外溫柔地說。聽者卻可以聽出底下過分令人毛骨悚然的弦外之音。悅子惱怒了。說不清為什麼，她竟主動將這種從感情一角偶爾產生的怒氣擴大、表露無遺。沒有這種衝動，就不可能果敢地提出這種質問。對她來說，展現惱怒這種切實而又抽象的感情，只是出於眼前的需要。

三郎小黑狗似的眼裡露出了動搖的神色。他將扣好了的左袖釦解開，又再扣上。這回，他始終沉默不語。

「怎麼啦？怎麼不說話呀？」

悅子將臂膀橫放在凸窗的欄杆上。她帶嘲笑似的，直勾勾地盯著三郎。她惱怒，卻能品嘗到這瞬間的快樂滋味。這是怎麼回事！在此之前她從沒想過，自己能以勝利者的驕傲心情，貪婪一般望著那柔韌健康、低垂的淺黑色脖頸，那鮮明、剛刮完臉的青春印痕……悅子的口氣不覺間充滿了安撫。

「算了，用不著那麼惶恐。扔在垃圾桶裡，我都看見了……是你扔的吧？」

「是，是我扔的。」

三郎毫不遲疑地回答。這反而使悅子感到不安。

她想：一定是在庇護什麼人，不然總該露出哪怕是蛛絲馬跡的猶疑吧。

忽然，悅子聽見背後傳來啜泣聲。是美代用對她來說過長了的舊灰嗶嘰布圍裙，捂著臉在抽抽答答地哭。嗚咽聲中，斷斷繼繼地傳出：

「是我扔的！是我扔的！」

「這是怎麼回事？有什麼好哭的？」

悅子對美代說，冷不防瞥了一下三郎的臉。三郎眼裡露出焦躁的神色，似乎要對美代說些什麼。這也使得悅子在從美代臉上把圍裙拉下來時，動作近乎殘酷。

美代嚇得緋紅的臉，從圍裙後面露了出來。這是一張平常的農村姑娘的臉。而這張被眼淚弄髒了的臉，幾乎可說是醜陋了。像個熟柿子一戳就破的、漲得通紅的胖臉，配搭稀疏的眉毛、什麼都不會表達的遲鈍的大眼睛、毫無情趣的鼻子……只有嘴唇形狀稍稍令悅子煩躁。悅子的兩片柔唇比一般人來得單薄，然而美代那嗚咽顫動著、被淚水和鼻水濡濕的發亮嘴唇，恍如桃子般四周繞著汗毛，可說是小巧可愛、鮮紅針插般、具有適當厚度的唇。

「妳說說是為什麼嘛。扔掉襪子也沒什麼大不了，我只是不明白原因才問妳啊。」

「是……」

三郎攔住美代的話頭，那敏捷的遣辭與平素簡直判若兩人。

「真是我扔的，少奶奶。我覺得自己穿起來有點不相配，就故意把它扔掉了。是我扔的，少奶奶。」

「這種話不合情理嘛，你說了也是白說。」

美代想像著：悅子把三郎的行徑說給彌吉聽，三郎一定會挨彌吉的痛斥；不能再讓三郎袒護了。於是她打斷三郎的話，這樣說道：

「是我扔的，少奶奶。三郎從少奶奶那裡接過襪子以後，馬上讓我看了。我說，少奶奶不會平白無故送這些東西給你，是我固執、覺得可疑……所以三郎生氣了，他說：那就給妳吧，把襪子放下就走了……我覺得男人的襪子，女人怎麼能穿呢，就把它給扔了。」

美代又抓起圍裙捂住自己的臉……要是這樣，還合乎情理。除去「男人的襪子，女人怎能穿呢」這句可愛的牽強附會之外。

悅子似乎明白了箇中原因。她無精打采地說：

「算了吧。沒什麼好哭的。讓千惠子他們看見了，說不定還以為發生什麼事了。不過是一、兩雙襪子，也不值得鬧這麼大嘛。好了，把眼淚擦乾吧。」

悅子故意不看三郎的臉。她摟著美代的肩膀，把她帶走。她仔細端詳自己摟著的那副肩膀，那略微骯髒的領口，跟那沒梳理好的頭髮。

她心想：這種女人！居然把這種女人……

在晴朗的秋空點綴下，絲栗樹枝頭上傳來似乎今年才聽到的伯勞鳥的啁啾。美代被鳥語吸引，腳不慎踩進了積雨的水窪中，泥水濺上悅子的衣服下襬。悅子「啊」了一聲，把手鬆開了。

美代突然像小狗似地蹲在地上，用自己剛才擦過眼淚的嗶嘰布圍裙，細心地揩拭悅子的衣服下襬。

這種無言的忠實舉止，映現在默默佇立、任憑美代揩拭的悅子眼裡，與其說這是農村姑娘天真的計策，毋寧說帶有某種賭氣般殷勤的敵意。

——一天，悅子看見三郎穿著那雙襪子，若無其事似的，天真地露出會心微笑。

……悅子感到生存的意義了。

從這天起至十月十日不祥的秋祭日出事為止，悅子都過得很有意義。

悅子絕不期望救濟。對這樣的她來說，能感到生存的意義真是不可思議的事。一個具有幾許敏銳感受性的人，很容易去思考人不值得活下去。也因此，不考慮不值得活下去反而很困難。而這種困難正是悅子幸福的根據。不過對她來說，人世間所謂「生存的意義」——即我們探索生存的意義，在尚未探索到其意義時，好歹是活著；如果說打算藉由回溯去探索生存的意義，而希望將這種生存的雙重性統一起來，就是我們的實體，那麼所謂生存的意義就是不斷出現眼前的這種統一的幻覺，或者只不過是以一種試圖溯及不該溯及的生存之意義所出現的、生存的統一的幻覺——對悅子來說，這種意義上的「生存的意義」，是毫無緣分的龐然大物。在悅子身上萌生的、出人意料的、奇特的、植物般的「生存的意義」，就是她嚴格區別想像力和幻覺的判斷，毋寧說屬於想像力的範疇，而想像力之於悅子，是冒著受過良好訓練的危險，是完全忠於目的地和到達時間的冒險飛行。她有種才能，宛如乞丐以靈巧的指頭把自己衣服上的虱子一隻不漏地掐死那樣的才能，直接驅使她的想像力，蒐集促使她不考慮生存無意義的所有資料——就是說，儘管她不考慮生存無意義是有其根據的，而這根據就是使她的生存變得無意義的這一切資料——為此，悅子表面上多少也流露了點希望，精心地悉數消滅所有欺騙的事物。這種想像力如同把希望推翻的法警。因為這人世間的熱情，只有透過希望才能予以腐蝕。

至此，悅子有著和獵人類似的本能：偶爾看到野兔的白尾巴在遠方的小草叢中晃動，她的狡猾立即變得敏銳，全身血液奇怪地沸騰起來，肌肉躍動，神經組織緊張得猶如一捆疾飛的箭。在沒有這種生存意義的悠閒日月裡，乍看猶如變成了另一個人的狩獵者，送走怠惰的日日夜夜。她除了在爐外打盹，別無所求。

對某些人來說，生存確實很容易。而對另一些人來說，卻又很困難。對於猶勝於種族歧視的這種不公平，悅子不覺有任何抵觸。她想：容易一定比較好。因為生存容易的人，不會把容易作為生存上的辯解。可是，生存困難的人，會馬上以困難為生存作分辯。畢竟生存困難這類事，沒什麼可自豪的。從某種意義上說，我們在生存中發現一切困難的能力，也許能幫助我們像普通人一樣生存得容易些。因為對於我們來說，倘若沒有這種能力，生存就會完全變成不困難也不容易的、滑溜溜的、沒有腳踏板的真空球。儘管這種能力會阻礙那樣看待生存的能力，卻也是絕不那樣看待生存的、屬於容易生存人種的、不知保留的能力。但這並非特殊，只不過是日常的必需品罷了。欺瞞人生的秤桿、過度在分量上假造的人，將來在地獄裡是要受到懲罰的。何必那樣弄虛作假呢？生存猶如衣裳，是不會被意識到的分量。穿外套會覺得肩膀僵硬的是病人。我必須穿比別人沉重的衣裳,只是出於偶然,因為我的精神是在雪國誕生,因為我住在那裡的緣故。對我來說,生存的困難只不過是護衛我的鎧甲罷了。

……她的生存的意義,就是不再使她感到明天、後天、未來的一切都是沉重的負擔。儘管本質上沒有改變,但重心些微巧妙的轉移,能使悅子輕鬆地面對未來。是由於有希望了嗎?絕對不是的……悅子終日監視著三郎和美代的行動。他們會不會在某處的樹蔭下親吻呢?他們會不會在深夜相隔遙遠的寢室之間拉著什麼線呢?……明知這種發現只能折磨她,而事情的不確定帶給她的痛苦只會更多,悅子卻下定決心,為了尋找這兩人相戀的證據,敢於採取任何卑劣的手段。僅從結果來看,她令人生畏的熱情確實證明了:人為了折磨自己,可以傾注無限的熱情。正因為喪失了希望,才能傾注如此的熱情。它是人類存在的表現形式,而不管它是流線型還是拱形,都是某種存在形式的忠實模型。所謂熱情,就是一種形式。正因為如此,它才能成為一種媒介,使人的生命十全十美地發揮到那種程度。

沒有人發現悅子在監視這兩人的目光。毋寧說,悅子的舉止顯得比平時還要沉著。

這期間,悅子也像以往彌吉所做的那樣,趁三郎和美代不在的時候,檢查他們的房間。沒有發現任何證據。他們兩人不是會寫日記的那種人。他們沒有書寫情書的能力,肯定也不會懂得優美地共謀、要把愛一刻一刻地留在記憶裡,以資紀念;也不會懂得現在早該關心以追憶的美，來表現愛的共謀。他們沒有留下任何紀念與任何證據，只有兩人在場的時候，眼與眼對視，手與手、嘴唇與嘴唇、胸脯與胸脯……爾後，說不定還有那個地方與那個地方……啊！多麼容易啊！多麼直截了當、美麗而抽象的行動啊！不要語言，也不要意義。那種姿態那種行動，猶如參賽運動員為了投擲標槍而採取的姿勢，是為了單純的目的而採取的必要姿勢，這就足夠了……所有的這些行為，都遵循著多麼單純、抽象、美麗的線條在進行啊！這種行為，能留下什麼證據呢？如同瞬間掠過原野的燕子那樣的行為……

悅子的幻想屢屢自由馳騁，在她彷彿坐到黑暗的宇宙中唯一一只大幅擺盪的美麗搖籃裡的一瞬間，甚至馳騁到正在用力搖晃這只搖籃的、閃閃發光的噴泉水柱上。

在美代的房間裡，悅子看到了鑲賽璐珞的廉價手鏡、紅色的梳子、廉價的雪花膏、薄荷軟膏，只有一件箭羽紋的外出用秩父絲綢衫，皺巴巴的腰帶、嶄新的和服內裙、仲夏穿的不合身的連身裙及襯裙（夏天裡，美代就靠這僅有的兩件衣服，滿不在乎地上街購物），還有每頁都捲起、骯髒得簡直像紙花般的舊婦女雜誌、農村朋友寄來的哀訴信……此外，幾乎在每件東西上都黏著一、兩根紅褐色的掉髮。

悅子在三郎房間裡所看到的，只是更為單純的部分生活用品而已。

悅子心想：難道他們兩人趕在我探索之前，就先用心做好了周到的布置嗎？抑或是像謙輔借她的某本愛倫坡小說所描寫的那樣，「被盜竊的信」明明插在最容易看見的信插裡，反而在我過於仔細的搜尋下，漏掉了？

……悅子剛從三郎的房間裡出來，就遇見了從走廊過來的彌吉。這房間坐落在走廊盡頭。彌吉若不是到這房間來，是沒有理由踏上這條走廊的。

「原來是妳在這兒啊。」彌吉說。

「嗯。」

悅子應了一聲，但她無意辯解。於是，兩人折回彌吉的房間時，儘管走廊不太狹窄，可老人的身體總是笨拙地碰在悅子身上，恍如母親牽著磨人的孩子，邊走邊不由地碰撞那般。

兩人在房間裡安頓下來後，彌吉問道：

「妳到那小子的房間幹什麼？」

「去看日記。」

彌吉不明顯地動了動嘴巴，就沉默不語了。

十月十日是鄰近這幾個村莊的秋祭節日。三郎應青年團年輕人的邀請，日落前做好準備就出門了。祭禮人山人海，攜帶幼兒上街很不安全。為了不讓想看熱鬧的信子和夏雄出門，淺子便同意和孩子一起留守家中。晚飯後，彌吉、悅子和謙輔夫婦帶著美代，趕到村社去看村裡的祭禮。

黃昏時分，遠近早已傳來大鼓的咚咚聲，夾雜著像是呼喚又像是歌聲，隨風吹送過來。這些遊走在黑夜田園的叫喚，這些猶如在森林裡相互呼應、夜鳥和走獸歌一般的叫喚，沒有打亂夜的寧靜。應該說還加深了寧靜的影響。縱令此地距大都市不太遠，但農村的夜晚竟可以如此深沉：只聞零星蟲聲此起彼落。謙輔和千惠子做好出去看祭禮的準備後，一度把二樓的窗戶全部敞開，傾聽四方傳來的大鼓聲。那多半是車站前八幡宮的大鼓；顯然是即將前往村社的人們敲打的大鼓；大概是鼻子塗上白粉的孩子們，在鄰村村公所前輪番擊打的大鼓，這聲音最稚嫩，且斷斷續續。

儘管這對夫婦興致勃勃地爭著猜測，可是一旦意見分歧，就又開始爭吵，這種朝氣，簡直讓人覺得他們是在演戲不是嗎？他們的對話使人不覺得是三十八歲和三十七歲的夫婦間的對話。

「不，那是岡町的方向。是車站前八幡宮的大鼓聲。」

「妳也太嘴硬了。在這兒住了六年，連車站的方位都弄不清楚？」

「那麼，請你把指南針和地圖拿來。」

「這裡沒有這些東西啊，太太。」

「我是太太，你卻只是個當家呀。」

「話是這樣說沒錯。儘管只是個當家的太太，但不是誰都能當的喲。社會上一般的太太，都是諸如局長的太太、魚鋪的太太、吹小號者的太太，如此之類。妳是個幸福的人啊。儘管只是個當家的太太，卻是太太中最有出息的一位。作為雌性，卻能獨占雄性的生活，對雌性來說，難道還有比這更有出息的嗎？」

「不是這個意思。我是說你也只是個平凡的當家。」

「平凡才了不起。人類生活和藝術最後的一致點，就是平凡嘛！蔑視平凡的人，就是不服；害怕平凡的人，證明他還很幼稚。因為不論是芭蕉[5]以前的談林風[6]的俳諧[7]，還是子規[8]以前的平凡俳諧，都充滿了平凡的美學。這平凡的美學並未泯滅時代的生活力啊。」

「提起你的俳句，可謂平凡的俳諧之最啊。」

……這種格調的、猶如腳跟離開地面四、五寸，在空間中飄浮的對話，冗長地持續著。不過，當中有一貫的感情主題，就是千惠子獻給丈夫「學識」的無限敬仰。十年前，東京的知識分子當中，像這樣的夫婦並不稀奇。至今還遵奉這種良風美俗的他們，猶如過時的婦女髮型，在農村卻依然可以裝成很時髦的樣子。

謙輔倚在窗邊點燃一支菸，抽了起來。煙霧繚繞在靠窗的柿子樹梢上，宛如飄浮在水面的一束白髮，緩緩地流向夜的大氣中。良久，謙輔說：

「老爸還沒準備好嗎？」

「是悅子還沒準備好。爸爸大概在幫她繫腰帶吧。也許你不相信，悅子連內裙帶子都是讓爸爸繫的。換衣服的時候，她總是把門關嚴，一邊嘀咕一邊動作，別提花時間了……」

「到了晚年，老爸還學會這麼放蕩啊！」

兩人的談話自然落到了三郎身上。不過，最近悅子變得沉著冷靜，他們甚至得出這種結論：她大概對三郎絕望了吧。謠傳一般總比事實聽來合情理，而有時事實反而比謠傳更像是捏造的。

前往村社必經屋後的樹林，從今春賞花的松林岔道、朝松林的反方向走不多久，經過覆蓋著燈心草和菱角的池沼畔，下了陡坡就會看見成排人家。神社就坐落在這村莊眾戶人家對

5 即松尾芭蕉（西元一六四四—一六九四）日本江戶前期俳句詩人。
6 是古代日本俳句的一個學派。
7 即一種帶詼諧趣味的和歌或連歌。
8 即正岡子規（一八六七—一九〇二）日本俳句詩人。

面的半山腰上。

美代打著燈籠走在前面，謙輔在後面拿著手電筒，照亮腳下。在岔道外遇見了耿直的農民田中，同樣在趕往祭禮的途中，便跟隨在這一行人的後邊。他帶了笛子，邊走邊練習。笛聲出乎意料地巧妙，節奏輕快，反而使人感到悲涼。於是，以燈籠光引導的這一行人，像支送殯隊伍似的，沉靜無聲。為了活絡氣氛，每吹奏一節，謙輔就鼓掌一次，大家也跟著鼓掌。掌聲傳到池沼的水面上，引起空盪盪的回響。

「大鼓聲在這兒聽著反而遠了。」彌吉說。

「那是地形的關係嘛。」謙輔從隊伍的後面答道。

這時，美代絆了一跤，險些摔倒。謙輔替她打著燈籠走在前面；讓這迷糊的姑娘帶路太令人擔心了。閃到路旁的悅子盯著將燈籠遞給謙輔的美代。或許是燈籠光的緣故，美代臉色有點蒼白，目光無神。或許是心理作用，她彷彿連呼吸也覺得困難似的。

燈籠由一隻手遞到另一隻手的瞬間，燈光映出了美代的上半身，悅子便是在這一瞬間捕捉到這些事情的。近來悅子的眼睛觀察事物已愈發熟練了。

然而，這種發現很快就被拋諸腦後，因為一行人爬陡坡時，看見家家戶戶屋簷下掛著的祭祀大燈籠，咸為那美麗的焰火異口同聲地發出讚嘆。

村民們大多趕去參加祭禮了，家中無人留守。無人的村莊悄然無聲，只有燈籠在閃著亮光。杉本家一行走過流經村莊小河上的石橋。白天裡在河面浮游、夜間關進籠裡的鵝群，被這意外的人流雜沓聲驚動了，叫了起來。彌吉說，這叫聲有點像嬰兒夜啼。大家不由地聯想到夏雄和他邋遢的母親，覺著有點滑稽可笑。

悅子望著身穿唯一好衣服箭羽紋和服的美代，警惕著自己的眼睛會不會無意識地流露出凶惡的神色。不是顧忌杉本家的人，而是提防接受這視線的美代會嗅到自己的嫉妒。她想像著要是讓迷糊的村姑察覺出自己的嫉妒，即使僅僅是想像，也足以撕碎自己的自尊。今晚不知美代是臉色不佳，還是她身穿秩父絲綢箭羽紋和服的緣故，不能說她一點也不美。

「這個社會也變得靠不住了。」悅子尋思，「至少在我小時候，女傭除了穿條紋布衣，可不許穿和服。美代身為傭人，竟穿上這身鮮豔的箭羽紋和服，根本是破壞常規、攪亂社會秩序嘛！母親走了，倘使她還健在，對這樣無法無天的女人，馬上就會打發她回老家去。」

不論由下往上、還是由上往下看，階級意識這種東西，都可能成為嫉妒的代替品。悅子對待三郎不一定從未抱持過這種陳舊的階級意識，這點顯而易見。

悅子穿著農村不常見的散菊花圖案的御召縮緬和服，罩上一件訂做的、稍短些的香雲紗短外褂，抹上珍藏的霍比格恩特（Houbigant）香水，隱隱散發芳香。這種香水與農村的村祭很不相稱，顯然是特地為三郎塗抹的。不了解此情的彌吉，只顧將香水噴霧器對準她低著頭的脖頸噴灑。那些似有若無的肌膚色汗毛，沾上了細微的一滴滴香水，閃耀著珍珠色光芒，簡直其美無比。悅子的肌膚本來就細膩潤澤，這任憑彌吉占有的奢侈部分，與那沾滿泥土、骨骼粗大的手部肌肉似的實質部分，簡直是矛盾的兩種形態。儘管如此，這兩部分卻無所畏懼地相連。不久，那雙沾滿泥土的手，將毫無顧忌、恣意地不斷伸向她那芳香的胸脯。在彌吉看來，或許製造這種人工的矛盾，才能把自己引進「真正占有了她」這種心情上的平靜吧。

一行人從米的配給所轉角拐進了小巷裡，先是突然聞到乙炔燈發出的異臭，才看見被乙炔照亮了的熱鬧夜市景象。有糖果鋪，有賣風車的——把風車柄插在稻草捆上叫賣——賣花紙傘的隔壁攤位，在出售已過季節的煙火、紙牌和氣球。每逢祭祀季節，這些商人就用便宜的價錢，從大阪的點心鋪採購賣剩的商品。他們在洋鐵桶上掛背帶，揹著在阪急梅田站內走來走去，逢人便搭訕，探詢今天在哪個站下車可以遇上祭祀集會。有的人看見岡町站前的八幡宮院內早已被競爭對手占去了地利，就向第二候補地——村莊院內奔來。他們本抱著能賺上一筆的奢望，如今半感失望，覺得再搶先也無濟於事，便邁著懶洋洋的步伐，三五成群地沿著原野上的路過來。也許是這個緣故，這兒的攤販多半是老頭和老嫗。

孩子們圍著看呈橢圓形奔跑的玩具汽車。杉本家逐攤逛了一遍，為要不要幫夏雄買輛五十圓的玩具汽車，掀起一場議論。

「太貴，太貴了。不如請悅子上大阪的時候幫忙買，這樣會便宜些。再說，這些攤位出售的物品，淨是今天買來明天壞的。」

彌吉大聲嚷著，做出這番結論。玩具攤的老頭那雙可怕的大眼睛瞪著彌吉。彌吉也瞪了他一眼。決勝負的結果，是彌吉獲勝了。玩具攤的老頭只好死心，又以孩子為對象吆喝起來。離開攤販的老頭之後，彌吉像孩子般地陶醉在勝利的喜悅中。他穿過一個鳥居，登上了石階。

事實上，米殿的物價比大阪高。只有非不得已的時候，人們才在米殿購物。以人糞肥料為例吧，據說「大阪的人糞肥價錢較好」，冬季裡有時一車是二千圓。有些農民用牛車從大阪買來，彌吉硬著頭皮把它買下。大阪的人糞肥比這一帶的質量好，功效卓著。

大家一登上石階，就感到潮水般的轟鳴聲劈頭襲來。石階上方的夜空四處飛濺著火星，叫喚聲中夾雜著爆竹聲，強烈地搏擊著耳膜。透過古杉的樹梢，可以望及淒涼地映現著的篝火躍動的火焰。

「從這兒登上去，不知是不是可以走到村社正殿？」謙輔說道。

於是一行人便從石階的半途上取曲折的小徑，迂迴地繞到前殿的後頭。眾人來到前殿時，喘得上氣不接下氣，最明顯的不是彌吉，而是美代。美代用粗大的手掌，不安似的搓擦著自己蒼白的雙頰。

前殿的前方宛如艦橋般的場景，船頭正駛向焰火與叫喚的轟鳴漩渦當中。無法進入漩渦的婦女和兒童就站在這裡鳥瞰前院的紛擾。在這紛擾中，石階和石階欄杆好不容易地護衛著他們。但是，他們不作聲是有道理的：火的影子和遮掩火影而過的人影，不斷地從這裡人們的臉上、他們扶著欄杆的手上、石階上，極不穩定地疾馳而過。

有時篝火的火勢甚烈，火焰像在踢著大氣似的；看熱鬧的婦女和兒童臉上——杉本家也加入了人群——在鮮明的反映和渲染下，活像房簷上風鈴繫著的舊布條那接受夕照餘輝而染成了深紅色的正面；有時，影子又像跳起來，不斷地上升，舔盡了這瞬間的光輝。板著面孔、沉默無聲的一片黑色人流，就這麼停止在石階上。

「真是瘋狂啊！三郎也在裡面耶。」謙輔眺望著眼前亂成一團的人群，自言自語地說了一句。他看了看旁邊，看見悅子的短外褂腋下有點綻線，悅子自己卻沒有察覺。今晚的悅子怎麼竟這般嬌媚！他覺得有點不可思議。

「喲，悅子，妳的短外褂綻線啦。」

說不該說的事，是他一貫的作風。

這時，碰巧又掀起了一陣新的叫喊聲，無用的忠告沒有傳到悅子耳裡。篝火悲劇式地反映在她的側臉，增添了比平時稍許嚴肅、稍許莊重，又有點冷酷無情的氣質。

前院的人流不斷瘋狂湧向三個方向的鳥居，亂成一團。乍看似乎毫無秩序的動向，其實是被一個獅子頭所控制著。咬牙切齒的獅子，抖動著綠布製的鬃毛，恍如破浪前進似的馳騁。舞獅人很快就汗流浹背，只好由三名身著夏季單和服的年輕人輪流替換著。獅子後面，追著上百個年輕人。他們一個個高舉著白紙燈籠在追趕，不時把獅子團團圍住，燈籠和身體互相碰撞，亂作一團。不久，獅子像發怒似的甩開眾人，衝向另一處鳥居，後面又有上百的年輕人追來了。依然亮著火的燈籠變少了，多半都破了，有的只剩下一根把柄，拿著的人卻沒有察覺，仍高高地舉著。聲嘶力竭的呼喊不絕於耳。前院正中央立著矮竹，竹下焚火，火勢蔓延到矮竹邊上，發出爆竹的響聲。被火包圍著的竹子一倒下來，便又豎起新的矮竹。從火勢來看，設在庭院四個角落上的篝火，比這瘋狂般的焚火要平穩得多。

平素與冒險無緣的村民成群結隊、不知厭倦地追逐觀看那些冒著落在身上的火星、追隨獅子擠來擠去的年輕人那近乎衝動的過激行動。這些群眾，在乍看似是平靜的內部，卻始終洋溢著一種帶黏著力的波動；他們的相互推擠，險些把最前排的遊客推倒在亂成一團的年輕人當中，而那些手拿團扇的年長管理人，介入到這兩個團體間，兼管著防止年輕人的煽動和整頓遊客的交通；他們嗓子都喊啞了。

站在前殿石階上觀看這場面的全貌，只覺得彷彿有一巨大、微暗、處處閃爍燐光的蛇體，在篝火周圍痛苦地翻滾著。

悅子的視線落在許多白紙燈籠相互猛烈碰撞的一帶。在她的意識裡，彌吉、謙輔夫婦和美代早已不存在了。這叫喚的本體，這瘋狂的本體，這可怕的激昂運動的本體……悅子的直觀因著模糊不清、酩酊恍惚而上揚飛越；那本體就是三郎啊。她認為理應是三郎。她覺得這狂飛亂舞著的生命力的無益浪費，恍如光輝的閃爍，她的意識就置在這危險的混沌之上，簡直像在砂鍋上融化的冰塊。悅子覺得自己的臉不時讓焚火或篝火的火焰無情地照亮——令她突然想起為了將丈夫的靈柩抬出去而打開門，從而迎進了十一月的、凶猛得有如山崩的陽光。

千惠子看出悅子的目光是在尋找三郎。但不用說，她連想都沒想過，悅子在尋找的是比這更崇高的東西。她用天生的親切口吻說道：

「啊！多有趣啊！我們也擠到裡面去看看好嗎？光站在這兒，怎麼能體會到農村粗獷的祭祀氛圍呢？」

妻子以目示意，謙輔體察到妻子這番話的含意。反正彌吉也無法跟上來，這種提議倘能變成對彌吉的小小報復，則是一舉兩得啊。

「對吧，鼓起勇氣去看看嘛。悅子不去嗎？妳還年輕嘛。」

彌吉裝出一副常見的陰沉表情：以細膩的表情變化來左右別人、男子漢充滿自信的陰沉。以往他憑藉這張陰沉的臉，甚至能夠讓董事提出試探性的辭呈。然而，悅子不瞧彌吉這張臉一眼，立即回應說：

「嗯，我陪妳去。」

「爸爸呢？」千惠子說。

彌吉沒有回答，卻將那張陰沉的臉轉向美代，意在讓美代接受應該同主人一起留在這裡。

「我這兒等……盡快回來。」他沒有望悅子一眼，就這麼說道。

悅子和謙輔夫婦手拉著手下了台階。他們就像攜手鑽入了大海裡，擠進吵吵嚷嚷的人群中。相較於在台階上望見的，這些遊客顯得更無拘束地流動著。穿過由一張張張著嘴發呆、有氣無力面孔的人流往前走，並不十分費事。

燃燒的竹子爽朗的炸裂聲傳到了悅子耳邊。此時此刻，或許任何傳到她耳邊的不悅音響，都會變得爽朗吧。她的柔軟耳朵本來尋求的只是能震裂鼓膜的危險聲，而這區區小事已無法撼動她分毫了；如今，她反而一味傾聽蘊藏在自己內心感情的同一旋律。

獅子頭突然露出金色的牙齒，在人們頭上波浪式地扭動著，轉移到另一個鳥居去了。剎時引起一片混亂，人潮分左右流動。令人眼花撩亂的一群人，從悅子的眼前通過。這群人是在焰火映照下的半裸年輕人。有的頭髮蓬亂，有的將裹在頭上的白頭巾結挪到後腦杓，他們異口同聲地發出了野獸般的吼叫，捲起一陣蒸發似的熱風，從悅子的身邊飄逸過。這一瞬間，栗色的半裸軀體忽地互相撞擊、結實的肌肉與肌肉相碰撞，發出沉重的悶聲，被汗水濡濕的皮膚與皮膚相貼又分離的明朗吱吱聲，充斥周遭的空氣中。在黑暗中他們糾纏著的赤足，恍如無數別的生物在蠕動，實是令人生畏。難道沒有任何一個男人懷疑，自己的腳是哪雙腳嗎？

「不知道三郎在哪兒呢。打著赤腳，誰是誰都分辨不出來啦！」謙輔說。他為了不被衝散，手搭著妻子和弟妹的肩，並動輒就從悅子滑溜的肩膀滑落下來。

「確是啊！」他自我附和地繼續說，「人一旦赤身裸體，就會了解所謂人的個性根據之薄弱。就說思想型吧，有四種足夠了，諸如胖子的思想、瘦子的思想、高個的思想和矮子的思想。就說臉龐吧，不論看哪張臉，都只有兩隻眼睛、一個鼻子和一張嘴。不會有獨眼的毛孩子。連最能夠表現個性的臉龐，充其量只能發揮與他人有別的記號的作用。就說戀愛吧，也只不過是記號戀上記號罷了。一旦進入發生肉體關係階段，就已是無記名與無記名之戀了。只不過是混沌與混沌、無個性與無個性的單性繁殖而已。那就沒有什麼男性或女性之分，對吧？千惠子。」

就連千惠子也覺著討厭，隨便附和兩句了事。

悅子不禁發笑了。那是男人不斷在耳邊嘟噥著的、毋寧說像失禁似的思考力。對了，可以說這是「腦髓的失禁」。多麼可悲的失禁啊！這男人的思想恰似他的臀部一般滑稽。但是，最根本的滑稽，是他這種獨白的節奏，與眼前叫喚的、動搖的、氣味的、躍動的、生命力的節奏完全不搭調。倘使有哪位指揮不把這樣的演奏家從交響樂團中攆出去，我倒想見見這位指揮呢。然而，偏僻地區的交響樂團往往容忍這種走調，照樣營運……

悅子睜大眼睛。她的肩膀輕易擺脫了謙輔那隻搭上來的手。

她發現三郎了。三郎平素寡言的嘴唇，由於叫喚而明顯地張開著，露出了成排銳利的牙齒，在篝火的映照下閃爍出漂亮的白光……

悅子在他那絕不往自己張望的瞳眸裡，也能看見映照其中的篝火。

這時，剛覺得獅子頭再次從群眾中高高揚起、睥睨四方之際，又突然瘋狂般地轉向，抖動著綠色的鬃毛擠進了遊客的人流裡，向前殿正門的牌坊跑去；半裸的年輕人雪崩似的尾隨其後。

悅子的腳掙脫了她的意志羈絆，緊跟在這夥相互簇擁的人群之後。在她後面的謙輔喊著悅子、悅子，當中還夾雜著不愧為千惠子的尖銳笑聲。悅子沒有回頭。她感到體內有什麼從朦朧不安定的泥濘中冒出來、衝出她的體外，形成一種幾乎像臂力似的肉體力量，閃現出它的光華。好幾個瞬間，她確信人世間什麼事都有可能發生。這一瞬間，或許人可以瞥見平日肉眼所不能看見的許多東西，它們一度沉睡在忘卻的深層，之後偶爾接觸又會甦醒、再次向我們暗示世界的痛苦和歡樂是令人驚愕的豐饒。然而，誰也不能迴避命運的這一瞬間，所以誰也無法迴避這種眼前一切皆看盡的不幸……若論現在，悅子無所不能。她的臉頰火辣辣的。她被無表情的群眾簇擁著，趺趺撞撞地向正門鳥居走去。這時她幾乎走到了隊伍的最前列。即使繫著攬袖帶子的管理人的團扇碰在她的胸前，她也對此毫無感覺；這是麻痺狀態和激烈的興奮在衝撞。

三郎沒有發現悅子。他肌肉格外發達的淺黑脊背，恰巧對著擁擠而來的人群，他的臉衝著中心的獅頭，一邊叫喚一邊挑戰。他輕鬆高舉的燈籠早已熄滅，與其他人的燈籠一樣破得不成樣子，他卻毫無所覺。他躍動的下半身昏暗不清，而看上去缺乏躍動的脊背，完全聽任火光和影子在上面亂舞，有點令人目眩；肩胛骨周圍的肌肉，如搏擊著翅膀的肌肉在跳動。

悅子一味期盼能觸摸它。不知道這是屬於哪種類型的慾望。比方說，她覺得他的脊背恍如深沉莫測的大海，她盼望能投身其中。儘管那是近似投海自殺者的慾望，但他們翹盼的不一定就是死。繼投身之後而來的，是有別於過去、好歹是另一個世界的東西。

這時，群眾中掀起了強烈的波動，將人們推向前方；半裸的年輕人卻逆人潮而動，追隨獅子不可捉摸的移動，倒退到後面去了。悅子被後面的人群推擠，險些絆倒在地——當下從前面擠追過來的、熱火般的脊背撞上了她。她伸出手去擋——是三郎的脊背。悅子的手指有種觸感，體味到他的背肌彷彿是一塊放了好幾天的年糕，體味到一種莊嚴的炙熱……後面的群眾再次推擠上來，她的指甲尖銳地扎了一下三郎的肌肉。三郎太興奮，不覺得疼痛。他不想了解在這瘋了似的互相擠撞中，撐著自己背部的女人是誰……悅子只覺得他的血滴落在自己的指縫裡。

看樣子管理人的制止毫無效用。亂成一團的瘋狂群眾擁到前院正中央，已接近燒得劈啪猛響的矮竹。焚火被踐踏。連光腳板的人也已感覺不到炙燙了。火包圍著矮竹，將古杉樹梢照得通紅，火星揚起紅色的煙霧。燃燒的竹葉呈一片黃，猶如迎面接受落日的餘輝。抖動、炸裂的細細火柱，活像桅桿大幅度地左搖右擺了一陣，突然傾倒在擠擁的群眾頭上……

悅子彷彿看到一個頭髮著火、縱聲狂笑的女人。此後就沒有確切的記憶了。好歹她已經逃出來，站在前殿的石階前。她回想起映現在她眼裡的夜空充滿火星的刹那，但她不覺害怕。只見年輕人爭先恐後地向另一處鳥居奔去，群眾似乎忘卻了剛才的恐怖，又成群結隊緊跟在他們的後面……什麼事也沒發生。

悅子為什麼獨自在這兒呢？她驚奇地凝望著前院地面上不斷飛舞的火焰和交織的人影。

——突然有人拍了一下悅子的肩。是像黏住了似的謙輔的手掌。

「妳在這兒呀，悅子，我們好擔心啊。」

悅子不作聲，毫無感情地抬頭望了望他。他卻氣喘吁吁地接著說：

「告訴妳，不得了啦！請來一下。」

「發生什麼事了嗎？」

「唉，請來一下嘛！」

謙輔拽著她的手，大步登上台階。剛才彌吉和美代所在的地方圍成了人牆。謙輔撥開人流，把悅子領進去。

美代仰躺在並排的兩張長條凳上。千惠子站在一旁，彎腰準備幫她鬆開腰帶。彌吉閒得無聊，叉開雙腿站著阻擋圍觀者。美代的和服穿得很不服貼，露出了鬆弛的胸部，她微微張開嘴巴，昏過去了。她的手像扭著垂下來，指尖搆著石階地上。

「怎麼啦？」

「她突然暈倒了。大概是貧血，要不就是癲癇吧。」

「得請醫生來啊。」

「剛才田中已經聯繫過了。據說要把擔架抬來呢。」

「要不要通知三郎？」

「不，不必了。沒什麼大不了的。」

謙輔不忍直視這臉色刷白的女人面孔，把視線移開。他是個連小蟲子也不敢殺的男人。

這時擔架來了。由田中和青年團的青年兩人將她抬起。下台階很危險，謙輔打著手電筒把路照亮，大家一個個地從曲折的小路迂迴而下。手電筒的光偶爾照在美代雙眼緊閉的臉上，看起來像一張能樂的面具。成群結隊跟來的孩子看見了，半起哄地驚聲怪叫。

彌吉跟在擔架後面，不停地在嘟噥。他嘟噥什麼，不言自明。

「……真丟臉。給了別人流言蜚語的材料。真是意外的、當眾出醜的病人。居然就在祭祀高潮的時候……」

幸虧醫院就坐落在角落，不用穿過攤販街便可以到達。擔架穿過一處鳥居，走進一條黑暗的街道。病人與陪同者都進了醫院，門前的圍觀者也不走，反正祭祀儀式不斷重複，他們都看膩了；應該說，他們更想了解這裡發生的事情的後續。這些人一邊踢著小石子，散播小道消息，一邊愉快地等著。這種事是預料之中的祭祀副產品之一。多虧了這事件，此後十天他們不愁沒有閒聊的話題，是種最好的餘興。

醫院也交接了，由年輕的醫學士來擔任院長。這個架著金絲眼鏡的輕佻才子，嘲笑亡父和所有親戚的鄉巴佬習氣，唯有杉本一家別墅人種的氣質，成了他的眼中釘，儘管在馬路上相遇會和藹可親地打招呼，心中卻閃爍著猜疑。要說猜疑什麼，就是怕人家識破自己虛有其表的都市人架子吧。

病人送進了診療室。彌吉、悅子和謙輔夫婦被帶進面對庭院的客廳，讓他們在這兒等候著。四人都不怎麼開口。彌吉時而突然動幾下那對活像文樂[9]白太夫面具上掃帚似的眉毛，彷彿上頭落滿了蒼蠅；時而又大口吸入空氣，通過臼齒的空洞發出很大的聲響。他後悔自己本非所願的驚慌失措。要是不去叫田中，事態肯定不會鬧大，也不會將擔架抬來。其實只要在場發現的人處理一下即可。記得有一回，他一走進農業工會辦公室，正在談笑風生的職員就戛然而止、緘口不言了。其中一人就是大臣理應來訪那天、早早就來到杉本家的職員……光那件事就被當作笑柄了。這次事件則更糟糕……一定會成為更具惡意臆測的材料，極有可能……

悅子低頭望著自己並排放在膝上的指甲。一片指甲上還牢牢黏著早已乾涸的暗棕色血跡。她幾乎是下意識地將這指甲舉到自己唇邊。

身穿白袍的院長把紙門拉開，對杉本一家顯露出多少帶點莊重的豪爽，若無其事地說：

「請放心。病人已經醒了。」

彌吉一向不關心這種知會，冷淡地反問道：

「病因是什麼？」

醫學士把紙門拉上，走進房間裡。他介意自己西裝褲的褶痕，慢吞吞地落坐下來，帶著一種職業性的微笑說：

「是懷孕了。」

---

9 跟著義太夫歌謠演出的木偶戲。

四

明明在悅子的記憶中消失已久的良輔，在祭祀節晚上那可怕、難以成眠的最後，出現在她夢中，再次威脅她的日常生活。然而與他死後不久、她在感傷的月暈中所望見的影像大不相同，是赤裸、有害，甚至有毒的影像。在這影像裡，她與他的生活竟改變了面貌，變成在祕密房間裡舉辦的可疑學校，講授摸不著邊際的課業。與其說良輔愛悅子，不如說是教育悅子；與其說教育，不如說是訓練。就好像江湖藝人給不幸的少女以各式各樣的絕技訓練那樣。這時間顛倒、可惡又殘酷的授課，被迫做無數的背誦、挨鞭子和懲罰……這一切教會了悅子「只要禁絕嫉妒，沒有愛也可以生活」的狡猾。

悅子竭力想內化這狡猾。她使盡渾身解數，卻沒有成效……

要是沒有愛也可以生活，那這種冷酷無情的課業，將使悅子得以忍受一切痛苦的折磨……課業將狡猾的處方教給了悅子……但由於缺乏幾種藥而無效。

悅子認為這幾種藥就在米殿。她找到了。她放心了。萬萬沒想到它竟是巧妙的贗品，是無效的藥物！……原來是贗品啊。一直擔驚受怕、一直畏懼難安的事終於又發生了。

——醫學士露出一絲淺笑、說出「是懷孕了」的時候，悅子感到痛徹心扉。她覺得自己的臉色刷地蒼白了，嘴裡乾得想吐。不能強作平靜了。她望著彌吉、謙輔和千惠子流露出來的、與其說是不嚴肅，不如說是反常的驚愕表情。不錯，在這種場合，是驚愕。不得不驚愕。

「唉，真討厭。她張著的嘴就是不肯閉上。」千惠子說。

「提起近來的姑娘，真令人吃驚啊！」彌吉竭力操著輕快的口吻附和了一句。

這是說給醫生聽的，言外之意就是得給醫生和護士多少封口費。

「真令人吃驚啊！悅子。」千惠子說道。

「嗯。」悅子露出了呆滯的微笑。

「妳這個人呀，就是這麼性格，遇事不怎麼驚愕。真泰然自若啊。」千惠子補了一句。

本來就是嘛。悅子毫不驚訝。因為她在嫉妒。

至於謙輔夫婦，他們對這事自是頗感興趣。沒有道德的偏見，正是這對夫婦值得驕傲的長處。而這種自命為長處的長處，使他們從看熱鬧落到僅是缺乏正義感的存在。雖說誰都喜歡隔岸觀火，然而不能說站在晾衣台上看，就比站在路邊看更高級。

難道沒有偏見的道德真的存在？這具有近代趣味的理想之鄉，好歹是讓他們忍耐寂寞的農村生活之夢。為了實現這夢，他們唯一持有的武器就是他們的忠告，他們擁有專利權的親切忠告。至少，他們就能在精神上得到滿足，做著忙碌的思考。精神上的忙碌，實屬於病人的範疇。

千惠子由衷地讚賞丈夫的學識淵博，比方謙輔懂希臘語，卻不向任何人炫耀。這在日本至少很罕見。他還能諳記拉丁語二百一十七個動詞變化、毫無遺漏地識別許多俄國小說登場人物長長的名字，同時還能滔滔不絕地說出諸如日本的能樂是世界之最的「文化遺產」（這是他最喜歡的一句話）：「其洗練的美意識可與西歐的古典相匹敵」等。這就像著書全部賣不出去，卻自詡為天才的作者一樣，雖然無人邀請自己去講演，卻相信自己的學說是為世人所不接受的瑰寶。

這對知識分子夫妻確信，只要稍下功夫，總會使人生有所變化的。這種旁觀者的確信，不知謙輔那種退伍軍人似的自負是從哪兒訓練出來的，反正大概是來自謙輔最輕蔑的杉本彌吉的遺傳吧！只要聽從他們無偏見又無私心的忠告行動就是好；違背其忠告、招致失敗，就相信完全是受忠告者的偏見的刻意為之。他們夫婦擁有可以責備任何人的資格，結果卻陷入不得不寬恕任何人的不如意境地。不是嗎？因為對他們來說，這人世間沒有任何一件真正重要的事。

以他們自己的生活來說吧，只要稍微下點功夫就可以輕易地改變，但目前他們懶得下功夫。他們與悅子的不同之處就在於，他們可以輕易愛上自己的怠惰。

因此在觀賞祭祀後的歸途，謙輔和千惠子在雨雲低垂的路上稍落後於他人，邊走邊緊張地期待，相互猜想著美代懷孕的來龍去脈。最後決定美代今晚留住醫院，明早再回家。

「至於是誰的孩子，肯定是三郎的，這就不用說了。」

「這不是顯而易見的事嗎？」

對於妻子毫不懷疑自己，謙輔感到不相稱的寂寥。在這點上，他對已故的良輔多少懷著一種嫉妒心。他話裡有話地說：

「要是我的，怎麼辦？」

「我可不願意聽到這種玩笑。我的性格可不能容忍這種齷齪的玩笑。」

千惠子像小女孩那樣兩隻手手指緊按住雙耳，誇張地扭腰轉身，耍起脾氣來。這個真摯的女人不喜歡世俗的玩笑。

「是三郎的。肯定是三郎的嘛。」

謙輔也是這麼想。彌吉已經沒有能力了。只要觀察一下悅子，就會找到確鑿的證據。

「事情將會怎樣發展呢？悅子的臉色非同平常啊！」——他望著在他五、六步前方、與彌吉並肩而行的悅子的背影，壓低嗓門說。從後面可以看見悅子稍端著肩膀走路的模樣，無疑是忍受著什麼感情的折磨。

「這樣看來，她還愛著三郎囉。」

「是啊。悅子看起來很痛苦啊。她這個人為什麼這樣不幸呢？」

「就像習慣性流產，這是習慣性失戀。神經組織或什麼部位出了毛病，每次戀愛一定落入失戀的苦境。」

「不過悅子也很聰明，她會很快設法控制住自己的情感。」

「我們也親切地一起商量吧。」

這對夫妻猶如穿慣了成衣而懷疑起裁縫店存在之必要的人一樣，懷疑起釀成悲劇之人存在的必要，儘管兩人對已經發生的悲劇頗感興趣。對他們來說，悅子依舊是難以解讀的文字。

十月十一日一早就下起雨來。風雨交加，一度打開的雨窗只好又關上。而且白天停電。

樓下每間房都跟泥灰牆倉庫似的一片漆黑。聽著夏雄的哭聲以及信子和著這聲調、半開玩笑的哭聲，實在令人討厭。信子沒能去看祭祀，一直在鬧彆扭，今天不肯去上學了。

為此，彌吉和悅子難得地來到謙輔的房間。二樓沒有裝上雨窗，玻璃窗做得格外堅固，雨颳不進來；可是走近一看，有一處漏雨，緊挨著這處擺了個放有抹布的鐵桶。

這是趟劃時代的訪問。高築門檻、把自己圈在狹窄世界裡生活的彌吉，從未造訪過謙輔或淺子的房間。他自然而然地在自己家中製造了一個專屬禁區；也因此，殷勤周到的謙輔一看見彌吉走進來，便竭力擺出一副惶恐的感激姿態，與千惠子一起忙不迭地備好紅茶——這讓彌吉留下了良好印象。

「不用張羅了。我只是來避一會兒。」

「真的，請不用張羅。」

彌吉和悅子先後這樣說道。他們像是孩子玩公司遊戲，扮演拜訪部下家的社長夫婦。

「悅子的心思真叫人摸不透啊！幹麼總是躲藏似地坐在公公後面呢。」事後千惠子說。

雨密密地下著，將一切閉鎖在內。風稍稍平穩下來，唯雨聲還是淒厲。悅子移開視線，瞥見雨水順著漆黑的柿子樹幹像墨汁似的流下。此刻，她覺得自己的心情簡直是被閉鎖在殘忍地壓倒一切的單調樂聲中。這雨聲不正像是數萬僧侶在念經嗎？……彌吉在說話。謙輔在說話。千惠子在說話……人的話是多麼無力，多麼狡滑，又多麼徒然；粗魯、微不足道，儘管如此，卻還拚命地向某處伸展。多麼繁忙啊！……任何人的話，都敵不過這殘忍而激烈的雨聲。唯有不受這種語言困擾的人的吶喊，唯有不懂語言的單純的靈魂的呼喚，才敢與這雨聲相抗衡、才敢衝破這雨聲的死亡之牆……悅子想起被篝火照亮、並從自己眼前奔過的一群薔薇色裸形，以及他們年輕圓潤的、野獸般的吼聲……只有這種吼聲。只有它才是重要的。

悅子驀然回神。彌吉的聲音變響亮了；他在徵求她的意見。

「對象是三郎的話，該怎樣處置美代呢？我覺得這個問題得看三郎怎麼做囉。得看他道義上的態度怎樣來定。假設三郎堅持迴避責任，那麼就不能讓這樣一個不仁不義的人留在家裡，得解雇他、只留下美代……不過，美代必須馬上墮胎。又假設三郎認真承認自己的不是、要娶美代為妻，那就算了，讓他們作為夫妻、留下孩子……二者擇一。妳怎麼想？也許我的意見有些偏激，但我依據的可是新憲法的精神呢。」

悅子沒有回答，只輕輕應了一聲「嗯」，端麗的黑眼睛對著空中毫無意義的某處。雨聲允許了這種沉默……儘管如此，謙輔望著悅子，不免感到她有些地方簡直像個瘋女。

「這豈不是叫悅子無法表態嗎？」

謙輔助了她一臂之力。

然而彌吉對這種說法非常淡漠，不予理睬。他很焦急。彌吉在謙輔夫婦的面前提出這二者擇一之法，心裡的打算是試探一下悅子。這是相當切實的希冀、籌劃周全的詢問，要是悅子祖護三郎，就只好容忍他們結婚；或者相反：倘若她在眾人前有所顧忌、違心地譴責三郎，就只好同意把三郎攆出去。彌吉過去的部下如果看到他玩弄這種謙虛的詭計，恐怕也會覺得不可置信吧。

彌吉的嫉妒確實貧乏。要是壯年時代，看見別的男人奪走妻子的心，是會粗野地以一記耳光讓對方從妄念中醒悟過來的。幸好死去的妻子只有個可愛的妄念，就是對彌吉施以上流社會式的教育；她並沒有那樣機靈的妄念。現在，彌吉老矣。這是從內部帶來的衰老。猶如從內部被白蟻蛀食的鵰的標本那樣老……儘管彌吉直覺到悅子悄悄地愛著三郎，但也無法訴諸比上述辦法更強硬的手段。

悅子看到老人的眼裡閃爍著的嫉妒，既無力又貧乏，便充滿睥睨所有人的自豪心情，不斷地感受到自己嫉妒的能力、自己內心貯藏的、取之不盡的「痛苦能力」。

悅子直言了。痛痛快快地直言了。

「總之要讓我去見三郎、詢問真實情況。我覺得會比爸爸直接去談好些。」

危險將彌吉和悅子放在同盟關係上，而關係的基礎不像世界上一般的同盟國是基於利益，而是嫉妒。

此後，四人隨意閒聊到中午。回房用餐的彌吉，差使悅子將約莫二合10的上等栗子送去謙輔的房間。

準備午飯時，悅子打破了一只小碟。還微微燙傷了手指。

只要是軟的菜餚，不論什麼彌吉都說好吃；而堅硬的東西，不論什麼他都說不好吃。他欣賞悅子的烹調，不是在於味道，而是在於柔軟。

雨天裡，簷廊邊的門窗關上了，悅子在廚房燒菜。為了保溫，她沒有將美代煮好的飯盛到飯桶，就原樣放在鍋裡。美代燒好飯後，就離開廚房了。紅火炭已燃盡。悅子從千惠子那裡要來了火種，移到炭爐裡；就在這當兒，她的中指被火燙傷了。

這疼痛惹惱了悅子。不知怎地，假使她失聲驚叫，總覺得聞聲而來的絕不可能是三郎。匆匆跑來的彌吉從敞開衣襟的和服下襬露出難看的皺巴巴的茶色小腿，大概會問聲「怎麼啦」吧。三郎是絕不會來的……如若悅子突然發出瘋狂般的笑聲，聞聲而來的恐怕還是彌吉

---

10 一合約等於十分之一升。

吧。他定會狐疑地將眼睛瞇成三角形，不會和她一起笑，只顧努力探求她為何這麼笑……他已經不是能跟女人齊聲開懷大笑的年齡了……而且他是她——還絕不能說她是個老嫗——的唯一回聲。唯一的迴響。

在十六、七平方公尺的廚房土間裡，有一小塊地被流進來的雨水弄成了水窪，懶散地描畫出玻璃門灰色光線的反光。悅子一直站在濕漉漉的木屐上，一邊用舌尖舔著燙傷的中指，一邊呆呆地凝望著這些反光，腦中裝滿了雨聲……

儘管如此，所謂日常生活是十分滑稽的。她的手彷彿能鬆開活動了。她把鍋放到火上，注水、加糖，再放入切成圓片的甘薯……今天午餐的食譜就是糖煮甘薯，用奶油炒從岡町買來的絞肉和紅汁乳菇，還有山藥泥……這些菜餚都是恍惚中的悅子充滿熱情地做出來的。

這時，她像下廚的女傭那樣無止境地徘徊在夢裡。

她想：痛苦尚未開始。是怎麼回事？痛苦真的尚未開始，因為痛苦會凍僵我的心臟、令我的手顫抖、捆住我的腳……我就這樣做菜，算是怎麼回事呢？為什麼要做這種事呢？……冷靜判斷，射中靶心的判斷，情理兼具的判斷，所有這些判斷，還有許許多多——不，直到未來，我彷彿都能做到……美代懷孕，我的痛苦理應到達頂點了。還差什麼呢？難道必須付出更可怕的代價才行嗎？

……首先聽從我的冷靜判斷吧。對我來說，看著三郎已非我的喜悅，而是痛苦了。但是，不看三郎，我就無法活下去。三郎不能離開這裡。正因為如此，就必須讓他結婚。與我？這是多麼錯亂啊。與美代？那村姑？那滿身爛番茄味、滿身尿騷味的笨姑娘？是！這樣一來，我的痛苦就會到達極致了。我的痛苦就會完整、沒有餘韻……這樣，我多半就會放下重負了吧。短暫、虛假的安心也會到來。把它拽住吧，相信這種虛偽……

悅子聽見窗框上的白頰山雀在啁啾鳴囀。她把額頭貼在窗玻璃上，望著小鳥整理被打濕的翅膀。小鳥又白又薄像眼瞼似的東西，使牠那對烏黑閃光的小眸若隱若現；喉嚨處少許劈裂的羽毛在不停抖動，就從這兒流洩出那種令人煩躁的鳴轉……視野盡頭有個明亮的龐然大物。天空下著毛毛細雨，庭院盡頭的栗樹林明亮起來，好像在黑暗的寺院裡打開了金光閃閃的神龕。

下午，雨過天青。

悅子跟隨彌吉來到庭園。薔薇的支木被雨水沖走，他們將倒下的薔薇扶正。有的薔薇頭泡在草地上混濁的雨水裡，花瓣彷彿經過一番痛苦掙扎，散落在水面上。

悅子將其中一株扶正，再用繩子繫在立著的支架上。幸好沒有折斷。她的指頭觸及濡濕的花瓣重量，裡頭存在著彌吉的自豪。悅子入神地望著這漂亮的鮮紅花瓣，花瓣上黏著手指觸摸時的清爽觸感。

而默默工作的彌吉面無表情，像在嘔氣似的。他穿著長統膠鞋、軍褲，彎腰扶起一株株薔薇。帶著這種沉默、幾乎面無表情地勞動，是血液裡沒有喪失農民氣質的人的勞動。悅子喜歡這樣的彌吉。

恰巧三郎從悅子跟前的石子小路經過，他招呼說：

「我沒有注意，對不起。我剛才做了些準備工作，讓我來吧。」

「不用，都弄好了。」彌吉說，沒看三郎一眼。

只見三郎那被大草帽遮蓋住的淡黑色圓臉，向悅子露出微笑。破舊的草帽簷斜斜地垂下，夕陽在他額頭上畫出明亮的斑點。他笑時嘴邊露出成排潔白的牙齒。悅子看見這恍如被雨水沖刷過的新鮮雪白，好像醒了似地站起身來。

「來得正好。我有話跟你說，請跟我到那邊去。」

在彌吉面前，過去悅子從未用這樣開朗的語調對三郎說話，哪怕是無需避忌彌吉的那些光明正大的話。豈止如此，如今這些話擺脫了羈絆，甚至讓聽者也能領會到是帶有露骨的引誘。悅子全然不顧隨之而來的殘酷任務，半陶醉地說出剛才那句自己非常喜歡的話；所以她的聲調裡才飄逸著一股不期然的、難以壓抑的甜美。

三郎困惑地望了望彌吉。悅子已經推著他的胳臂，催促他穿過杉本家的門口往前走了。

「妳打算站著把話說完嗎？」

後面傳來了彌吉半是驚訝的聲音。

「是啊。」悅子說。

悅子急中生智地回答。她這下意識的一招，使彌吉失去了竊聽她與三郎談話的機會。

「你剛才想去哪兒？」

悅子首先詢問的，就是這種無意義的事。

「嗯，正想去寄封信。」

「寄什麼信，讓我看看。」

三郎老老實實地把手上捲成圓筒的明信片遞給悅子。這是給家鄉友人的信。字跡非常幼稚，只寫了四、五行，簡單敘述了近況。

昨日這裡祭祀節。我也是青年之一，出去熱鬧一番。今日實在太累了。不過，不管怎麼說，熱鬧一番還是痛快、愉快的。

悅子縮了縮肩膀，搖晃似的笑了起來。

「也沒寫什麼嘛。」

悅子說著把信交還給三郎。三郎聽她這麼說，顯得有點不服氣。

石板小徑沿路上的楓林，將雨後的水滴和夕照的水珠灑滿鋪石上。一些樹已披上了紅裝，下方滿是紅葉的枝椏在風中微微搖曳。他們來到了石階處，剛才被楓樹梢占據的天空豁然開朗，可以望見了。此刻兩人才發現天空布滿了濃雲。

這無可言喻的愉悅、無與倫比的豐饒沉默，讓悅子心緒不安。為了了結自己的痛苦，把得到許可的僅有閒暇全花在享樂上，可是會遭人懷疑的。難道自己不是準備像這樣、漫無邊際地繼續閒聊下去嗎？難道自己不是準備不把關鍵的棘手話題說出來、就這樣帶過嗎？

兩人過了橋。小河的水位上漲了。在奔流著的泥土色河水中，數不清的水草順水漂流，透過水面看，恍如若隱若現、新鮮的豐盈綠髮。他們穿過竹林，來到能遠遠望見大片水淋淋雨後田地的小路上，三郎駐足，摘下了草帽。

「那麼，我走了。」

「去寄信嗎？」

「是。」

「我有話跟你說。待會兒再寄嘛。」

「是。」

「大街上熟人太多，碰見很麻煩。我們就到公路那裡，邊走邊談吧。」

「是。」

三郎眼裡泛起不安的神色。平素那麼疏遠的悅子，今天對自己竟如此親切，不論是話語還是身體都這樣貼近自己，這還是頭一遭。

他窮極無聊，把手繞到背後。

「背上怎麼啦？」悅子問道。

「哦，昨晚祭祀結束後，背上受了一點輕傷。」

「很痛嗎？」悅子皺著眉頭問道。

「不。已經沒事了。」三郎快活地答道。

悅子心想：這年輕人的肌膚簡直是不死之身嘛。

小路的泥濘和濕漉漉的雜草，把悅子和三郎的赤腳給弄髒了。走了不一會兒，小路愈發狹窄，不能容納兩人並肩而行了。悅子稍微撩起和服下襬走在前面。突然，一陣不安襲上心頭，她想：三郎是不是沒有跟在自己後面呢？她想呼喊他的名字，又覺得呼喚名字或回過頭去都很不自然。

「是自行車的聲音嗎？」悅子回頭這麼說道。

「不是。」

三郎一臉不知所措。

「是嗎？剛才好像聽見了鈴聲。」

她垂下視線。三郎粗壯的大赤腳和她的赤腳都被泥濘弄髒了。悅子很滿足。

公路上依然沒有汽車的影子。混凝土路面早乾了，只留下倒映著波狀雲的點點水窪。好像用白粉筆描畫似的一道鮮明的線，隱沒在頂著淺藍色黃昏天空的地平線上。

「美代懷孕的事，你知道了吧？」悅子一邊與三郎並肩行走，一邊說道。

「哦，聽說了。」

「聽誰說的？」

「美代說的。」

「是嗎？」

悅子感到心跳加速。她終於不得不從三郎嘴裡聽到對自己來說最痛苦的事實。在這決心的底層仍存有錯綜複雜的希望，促使她尋思：也許三郎掌握了確鑿的反證呢。譬如，美代的對象是米殿村的某青年，對方是個臭名昭彰的流氓；譬如，儘管三郎屢次告誡美代，但美代就是不肯聽……又譬如，與有婦之夫的農業工會職員犯下的錯誤，諸如此類。

這些希望與絕望，以現實的姿態交替在悅子腦中浮現。她害怕這種精神狀態會逼著她將眼前的質問無限期地推遲，避免觸及核心問題。它們宛如潛藏在雨後清爽大氣中、無數的快活微粒子，宛如急於躍向新結合的無數元素；她能嗅出它們無形的動向，盡情地領略開始發燙的臉頰氣息。兩人沉默良久，繼續在渺無人影的公路上行進。

「……美代的孩子……」悅子冷不防地說，「……美代的孩子，父親是誰？」

三郎沒有回答。悅子等待著。他還是沒有回答。沉默到一定程度，勢必帶有某種意義。對悅子來說，等待這別具意義的瞬間，令人難以忍受。她閉上眼睛，又睜開。毋寧說，不正是她自己被問住了？……悅子偷看了一眼三郎低垂下頭的側臉，在草帽下形成頑固的半面陰影像。

「是你嗎？」

「是。我想是的。」

「你說『我想是的』，是『也許不是』的意思嗎？」

「不。」三郎紅了臉。他強作的微笑只擴展到一個角度就收住了。「就是我。」

面對這不盡興的回答，悅子咬緊了嘴唇。她以為三郎的否定，哪怕是笨拙的謊言、一時的否定，也是對她應有的禮貌。在這難以取悅的狀態中，她失去了自己寄託的僅有希望。倘使悅子這個人在他心中占有一定位置，那他就不可能如此明目張膽地坦白交代。根據謙輔和彌吉的斷定，她也大致認定這是一目瞭然的事實；可她想知道的，不是三郎是孩子的父親這個事實，而是把更多賭注押在可能否定這個事實的、三郎的羞怯和恐懼上。

「是嗎？」——悅子疲憊似的說，話語有氣無力。「所以你愛美代囉？」

三郎最不懂的就是這句話了。對他來說，這話彷彿是距自己很遙遠、特別訂做的，奢侈的詞彙。這話裡似乎有什麼多餘的、不切實的和超出限度的東西。雖說他和美代在一起，但那是切實的關係，不一定是永恆的關係。正因為他們被放置在一個半徑裡、才不得不發展出這種關係；一旦脫離半徑，就會像再也不能相互吸引的磁石那樣。在這種關係中，他覺得愛這個詞似乎有欠妥當。他猜想彌吉可能會破壞美代和自己的關係，然而，這並沒有帶給他痛苦。即使得知美代懷孕了，這個年輕的園丁也全然沒有自覺到自己將成為父親。

悅子的追問迫使他想起種種回憶。他記得在悅子來到米殿村約莫一個月左右，一天，美代依彌吉的命令到堆房去取鐵鍬。鐵鍬壓在堆房的裡面，怎麼也拿不出來，她就去找三郎幫忙。三郎把鐵鍬拔了出來。這時，美代大概是打算幫使勁拔鐵鍬的三郎一把吧，她把頭鑽到三郎的胳膊下，撐著架在鐵鍬上面的舊桌子。在夾雜著霉味的臭氣中，三郎嗅到了美代臉上雪花膏的強烈香味。他把拔出來的鐵鍬遞給美代，但美代沒有接過，只是呆呆地仰望著他。三郎的胳膊自然而然地伸過去，抱住了美代。

那就是愛嗎？

梅雨行將結束。在像被壓迫的俘虜般的季節即將結束之際，悶熱的焦躁誘使三郎，使他一時衝動地赤腳從窗口跳進了深夜的雨中。他繞過半間屋子，叩響美代臥室的窗。他習慣於黑暗的眼睛，清楚辨認出玻璃裡浮現了美代的睡臉。美代睜開眼睛。她看見三郎那背光的臉和那排潔白的牙齒，就在窗外窺視著，平日動作遲緩的少女，現在卻敏捷地把臥具推到一旁，躍起身來。睡衣前襟敞開，露出了一隻乳房。這只猶如拉滿的弓的乳房，甚至令人揣想睡衣前襟是被乳房給撐開的。美代小心翼翼，不發出聲響地打開窗。眼前的三郎默默指了指沾滿泥濘的腳，她便去拿來抹布，讓他坐在窗框上，親自替他擦腳……

這就是愛嗎？

在這剎那，三郎吟味著這些回憶。他覺得自己雖然需要美代，卻不是愛。他成天考慮的事，只有預定到田裡除草、做著如果再次爆發戰爭自己就志願當海軍的冒險的夢、空想著關於天理教各種預言的實現、想像著天降甘露在甘露台上的世界末日、回憶著愉快的小學時代馳騁山野的情景、盼著吃晚餐等。思考美代的瞬間，占不了一天當中的幾百分之一。就連需要美代這種事，一想起來，也變得朦朧了。它與食慾幾乎是同等級的東西。與自己的慾望憂鬱地奮戰，這種經驗與這健康的年輕人無緣。

也正因為如此，三郎對這難以理解的質問，略微沉思後，懷疑似的搖了搖頭。

「不。」

悅子不敢置信。

她喜形於色，臉上的光彩簡直就是充滿了痛苦。幸好三郎被掩映在林間、疾馳而過的阪急電車所吸引，沒有望見這時悅子的表情。倘使看見，他肯定想不到自己這句話的不可解，竟給悅子帶來如此劇烈的痛苦，於是急忙改變話題。

「你說不是愛……」悅子說著，彷彿在慢條斯理咀嚼自己的喜悅。

「這……你……是說真的嗎？……」悅子邊說邊費心地誘導三郎再重複一遍，確實地說個「不」字，以免三郎推翻先前的說法，「……不是愛，倒無所謂。不過，你不妨談談自己的真實心情。你不愛美代對吧？」

三郎沒有留意這重複多次的話。「是愛嗎？不是愛嗎？」……啊！這是多麼無意義、多麼煩人啊！區區小事，少奶奶卻當作翻天覆地的大事掛在嘴邊。三郎的手深深揣進口袋裡，摸到好幾片昨日祭祀節酒宴的下酒菜魷魚乾和墨魚乾。他想：「假如在這裡嚼起魷魚乾，少奶奶會露出什麼表情呢？」悅子的鬱悶激起他想逗樂的情緒。三郎掏出一片魷魚乾，輕快地往上一拋，像調皮的小狗那樣用嘴接住，天真地說：

「對，不是愛。」

愛管閒事的悅子即使到美代那兒傳話，說三郎不愛妳，美代也不會吃驚吧。這對性情直爽的戀人，本來就沒有交流過愛或是不愛這樣煩瑣的話。

過於長久的苦惱會使人愚蠢。由於苦惱而變得愚蠢的人，就再也無法懷疑歡喜了。

悅子在這裡盤算著一切，不覺地竟信奉起彌吉自己一派的正義。她尋思：正因為三郎不愛美代，才必須與美代結婚；同時，將隱藏在偽善者假面具下的「讓自己不愛的女子懷了孕的男人，責任就是娶她」這種道德判斷強加給三郎，並以此為樂。

「你這個人，外表看不出來這麼壞啊。」悅子說。「讓自己不愛的人生孩子，你就得和美代結婚。」

三郎突然用炯炯有神、漂亮的眼睛回望了悅子一眼。為了回應這視線，悅子加強了語氣。

「不准你說不願意。我們家一直很理解年輕人，這是我們的家風；但也不許行為不檢啊。你們的婚姻是老爺作的主，你就得結婚。」

三郎面對這突如其來的變化，瞠目結舌。他原以為彌吉肯定會拆散他和美代；但，要結婚也不是不可以。他只是有點顧慮挑剔的母親會有什麼想法。

「我想跟家母商量以後再決定。」

「你自己有什麼想法呢？」

悅子非要說服三郎答應結婚不可，否則不肯罷休。

「既然老爺作主，要我娶美代，我就娶吧。」三郎說。

對他來說，結婚或不結婚都不是什麼大問題。

「這樣我也就卸下重擔了。」悅子爽朗地說。

問題就這樣非常簡單地解決了。

悅子被自己製造的幻影所蒙蔽，陶醉在幸福的事態中：在自己的強迫下，三郎出於無奈、只得跟美代結婚。在這酩酊中，難道就沒帶點身負戀愛創傷的女人喝悶酒的心情嗎？與其說這是醉的心情，莫如說是尋求茫然的自失；與其說是夢的心境，莫如說是尋求盲目。難道還不算故意尋求愚蠢的判斷而痛飲的酒嗎？這種強行的酩酊，難道不是出自為迴避身受創傷、下意識地設計出來的故事情節嗎？

顯然，悅子很害怕結婚這兩個字，她想把這種不吉利的文字，委由彌吉處理，讓彌吉負發出專制命令之責。如同想看可怕的東西卻躲在大人背後、怯生生地窺視的孩子一樣，在這點上她得依靠彌吉。

在岡町站前向右拐的路上、與公路的交會處，兩人遇見兩輛豪華大轎車駛上了公路，一輛是珍珠色，另一輛是淺藍色、四八年的雪佛蘭。車子發出天鵝絨般柔和的音響，圓滑地從他們身旁擦過。前面的車滿載著興高采烈的青年男女，疾馳過悅子身邊時，駕駛座收音機傳來的爵士樂，久久地飄蕩在她耳邊。後面的車是日本司機駕駛。微暗的車廂後座裡，坐著一對似猛禽類的夫婦，金髮、目光銳利的初老夫婦，一動也不動……

三郎微張著嘴，驚嘆地目送他們。

「大概是回大阪去的吧。」悅子說。

接著，悅子覺得由大都會各種音響交織而成的遠方噪音，突然乘風而來、撞擊著自己的耳朵。

她明白，即使去到那邊，也不可能有什麼意義。對悅子來說，她沒有理由像鄉下人憧憬大都會那樣嚮往它。誠然，所謂大都會總有些誘人的離奇建築；倒不是這些奇聳的建築會吸引她。

她渴望三郎挽著自己的胳膊。她在遐想：自己倚在他那滿是金色汗毛的胳膊上，沿著這條路走下去，直到遠遠、遠遠的地方。不知不覺間，兩人來到大阪，站在那錯綜複雜的大都會正中央，不知不覺被人流簇擁而行。當她察覺到這種情況時，愕然地環視四周；也許從這一瞬間開始，悅子才開始過真正的生活……

三郎會挽住自己的胳膊嗎？

這個漫不經心的青年，對這個與自己並肩而行、沉默不語的年長寡婦感到厭倦了。他哪裡會知道，她為了讓自己看，每天早晨都精心地梳理髮髻。但自己只是出於好奇，對這梳理精巧、芬芳、不可思議的髮髻一瞥了之。他作夢也沒想到，這個看上去特別冷淡、特別驕矜的女人，內心竟然盤旋著諸如想與自己挽著胳膊之類的少女幻想。他突然止住腳步，拐向右邊去。

「這就回去了嗎？」

悅子抬起哀訴的眼光。那朦朧的眼色彷彿反映著黃昏的天空，略帶著藍光。

「已經很晚了。」

兩人意外地來到很遠的地方。遙遠的森林深處，杉本家的屋頂在夕照中閃爍。

兩人走了三十分鐘才回到那裡。

……從此，悅子開始了真正的痛苦。萬事俱備的真正痛苦。人世間就有這種時運不濟的人，奮鬥終生，事業好不容易獲得成功時，竟患了不治之症而痛苦地死去。旁觀者看來，著實分辨不清他嘔心瀝血一生的努力，究竟是為了事業的成功，還是為了住進高級醫院的特等病房、痛苦地死去？

悅子本來打算費些時日，執拗地、幸災樂禍地等著看美代的不幸，猶如黴菌繁衍、腐蝕著她的身軀。耐心地等著看沒有愛情的婚姻，如同當年的自己那樣陷入破滅……（假如能親眼看到，哪怕耗盡自己的一生也在所不惜。假如需要，就等待到白髮蒼蒼，也心甘情願。）……她準備盯住不放，一路盯到底。她不一定期望三郎的情婦就是悅子。總之，只要能夠看到美代在悅子的眼前失敗、苦悶、煩惱、疲憊、頹唐，就可以了……

然而，這種打算不久後也明顯地落空了。

彌吉根據悅子的匯報，公開了三郎和美代的關係。每當遇到那幫碎嘴的村裡人探詢，他就公開說：他們早晚會結為夫妻。為了維持家中秩序，這兩人的寢室雖然照舊隔開，但允許他們一週共寢一次。兩週後，十月二十六日，三郎前去參加天理教秋季大祭祀時，將與他母親商量此事，一俟談妥，就由彌吉當媒人，舉行婚禮。這一切都安排妥當了。彌吉帶著某種熱情監辦這一切。他一反常態，露出前所未有的厚道老頭般的微笑，以有點過分通情達理的態度，寬容了三郎和美代的私情。毋庸贅言，在彌吉這種全新的態度中，意識裡總有悅子的存在。

這是多麼難熬的兩週啊！悅子回想起從晚夏到秋天，無數難以成眠的黑夜：丈夫連續外宿，使她深受痛苦折磨，那情景至今仍歷歷在目。白天，她為傳來的每個腳步聲煩惱，想去打電話，卻又躊躇不決，失去了時機。她好幾天不吃東西，喝了水就伏在床上。一天早晨，她喝了涼水，感到一陣冰涼傳遍全身，驟然生起服毒的念頭。一想到有毒的白色結晶體和水一起靜靜地滲透到體內的組織引起的快感，令她一陣恍惚，毫無悲傷的眼淚滂沱流下……

出現了與那時一樣的徵兆，即難以名狀的發冷、戰慄，發作起來連手背都起雞皮疙瘩。這不就是監獄中的寒冷嗎？不就是囚犯的發作嗎？

如同當年良輔不在而悅子深感痛苦一般，如今她看著三郎，就感到痛苦。今年春上，三郎去天理的時候，他的缺席遠比眼前看到他更能令悅子感到親密。然而，如今她的雙手被束縛，連一個指頭也不許觸摸一下，只能眼巴巴地盯視著三郎和美代縱情地親密。這是殘酷的、令人毛骨悚然的刑罰。她怨恨自己沒有選擇攆走三郎、勒令美代墜胎的作法。悔恨幾乎使悅子看不見自己的安身之處。沒料到不願放棄三郎的這種當然的慾望，竟變成完全相反的、可怕的痛苦報應……

但在這種悔恨中，難道就沒有悅子的自我欺騙嗎？果真是和期望「完全相反」的痛苦嗎？這不正是她預期的當然痛苦、她自己早有心理準備的、毋寧說是她祈求的痛苦嗎？……就在剛才，希望自我的痛苦變得不再有餘韻的，不正是悅子嗎？

十月十五日在岡町有個水果市集，要把優質的水果送往大阪；幸虧十三日是晴天，大倉一家也參加，杉本家則為收獲柿子而忙翻了。今年的柿子勝過其他果樹，大豐收。

三郎爬到樹上，美代在樹下等著更換掛在枝椏上那裝滿柿子的籮筐。柿樹晃得厲害，從下面往上窺視、透過枝椏縫隙，耀眼的碧空彷彿也開始搖晃起來。美代抬頭望著三郎掩映在葉隙的腳在來回移動。

「裝滿了。」三郎說。

裝滿光燦燦柿子的籮筐，碰著柿樹下方的枝椏，落在美代高舉的雙手上。美代無動於衷地將滿籃的柿子放到地上。她穿著碎白花紋布紮腿式勞動服，叉開雙腿，然後將倒空的籮筐送回枝頭。

「爬上來呀。」

三郎這麼一呼喚，美代立即應聲：

「好。」

話聲未落，她已經以驚人的速度爬到樹上了。

這時候，悅子頭裹手巾，繫著挽袖帶，抱著一個空籮筐經過。她聽見樹上的嬌聲。三郎攔住正往上爬的美代，豈止如此，還跟她開玩笑，硬要把她的雙手從枝椏上掰開。美代一邊驚叫，一邊想抓住落在她眼前的三郎腳踝……他們的眼裡沒有躲在樹叢間的悅子的姿影。

美代咬了一下三郎的手。三郎開玩笑地責罵，美代則一鼓作氣爬上了比三郎所在枝椏還高的地方，佯裝要踢他的臉，三郎伸手過去按住她的膝蓋。這些動作使得樹枝不斷地猛烈搖晃。柿果累累、枝葉繁茂的樹梢彷彿在微風中搖曳，將微妙的顫動傳到了近鄰的樹梢……

悅子閉上眼睛，離開那裡。一股冰也似的寒冷爬上了她的脊背。

瑪基在狂吠。

謙輔在廚房門口攤開草席，與大倉太太、淺子一起揀柿子。他準確迅速地找到這樁不必走動就能完成的工作。

「悅子，柿子呢？」謙輔揚聲說。

悅子沒回答。

「怎麼啦？妳的臉色很蒼白啊。」謙輔又說了一句。

悅子沒有回答，逕自穿過廚房，走到後面去了。連她自己都沒察覺地走到了絲栗樹蔭下，她把空籮筐扔在樹下的雜草上，蹲了下來，捂住臉。

這天傍晚，吃晚餐的時候，彌吉停住筷子，愉快地說：

「瞧三郎和美代，簡直像兩條狗。美代大嚷著說螞蟻爬到她背上了。雖說是在我面前，但這時把捉螞蟻的任務交給三郎，不是順理成章嗎？於是，三郎這小子嫌麻煩似的繃著臉站起來——演戲般做出這種表情，連不懂表演技巧的猴子都做得出來——可是，他的手深深地探上她的脊背，就怎麼也找不著螞蟻。打一開始，究竟有沒有螞蟻都值得懷疑。這時，美代這傢伙癢得前仰後合地放聲大笑，笑個不止；妳聽說過嗎？有人因為狂笑流產了。可是，按照謙輔的說法，愛笑的母親在懷孕時，由於胎兒在腹中得到充分的按摩，產婦產後體力恢復得很快；是這樣嗎？」

這種趣聞，與悅子目睹的樹上情景相結合，給她帶來猶如用針扎遍全身般的痛苦。不僅如此，她的脖子疼得像套上了冰枷。

於是悅子精神上的痛苦，宛如泛濫的河水淹沒了田地，漸漸地侵犯到她的肉體領域，就像看戲時精神上忍受不了演出的劇情而發出危險信號。

她心想：這樣行嗎？船都快沉了，妳還不呼救嗎？由於妳過度使用了精神的船，最後連自己尋求的依靠都喪失了；臨到關鍵時刻，不得不只憑藉肉體的力量跳海游泳。那時，擺在妳面前的就只有死亡，即使這樣也行嗎？

痛苦，照舊可以重寫成這樣的警告。她的有機體也許就置於絕境，將失去精神的支柱。她很不痛快。這種不痛快，活像巨大的玻璃球從心裡迅速地來到喉頭一樣，腦袋脹痛得幾乎要炸裂……

她想：我絕不呼救！

不管三七二十一，為了修築自認是幸福的根據，此刻悅子需要凶暴的理論。即便愛你是痛苦，也無人能剝奪／是我專屬的享樂／折磨。

悅子在思考：必須吞下一切……必須莽撞地忍耐一切……必須將這種痛苦當作佳餚全部吞下……採金人不可能淨撈到砂金。再說，也不會。必須先盲目地把河底的砂撈上來，因為砂中也許沒有砂金，也許有，事前誰都不可能有權限判定它是有還沒有。唯一能確定的，就是不去採金的人，依然只能停留在貧窮的不幸中。

悅子再進一步思考：而且，更確切的幸福，就是飲盡所有注入大海的大河河水。

於是，痛苦的極限會使人相信，忍受苦楚的肉體不滅；難道這很愚蠢嗎？

開市前一天，大倉和三郎去市場發貨之後，彌吉將散亂的繩子、紙屑、稻草、破竹筐和落葉掃攏，點火，然後讓悅子看管火堆，自己背對著火堆又繼續清掃起尚未掃淨的垃圾。

這天傍晚，霧變得濃重。黃昏與霧的界線很不分明，彷彿日暮比平時要來得早。被煙熏似的憂鬱日落，光線漸弱、漸朦朧。在霧灰色的吸水紙紙面上，落下了一點隱約的殘光。彌吉不知為何，只要稍稍離開悅子身旁就覺得心神不定。也許是霧的緣故，只要離開四、五公尺遠，她的姿影就模糊了。焚火的顏色在霧中格外地美。悅子依然佇立著，慢條斯理地用竹耙子將散亂在火堆周圍的稻草耙攏。火朝她的手獻媚似地熾烈燃燒……

彌吉隨便以悅子為中心點，畫著圓圈將垃圾掃攏到悅子旁邊，爾後又畫著圓圈遠去。每次走近悅子，他都要偷看悅子的側臉。悅子那機械地操作竹耙子的手停了下來。雖然她不覺得冷，卻將手放在破竹筐不時發出響聲燃燒著的、格外高起的火焰上烘烤。

「悅子！」

彌吉扔下掃帚跑了過來，把她從火堆旁拉開。

原來悅子借著火焰在烤她的手掌。

——這次燒傷跟上次中指輕度燒傷完全不能比。她的右手什麼都不能碰了，柔嫩的皮膚整個燒傷起泡。這隻塗了油、裹上幾層繃帶的手，終夜疼痛，令悅子不能成眠。

彌吉恐懼地回想起悅子那一瞬間的姿影。她無所畏懼地凝望著火，無所畏懼地將手伸向火——她這種平靜是從哪兒來的？這種雕塑般頑固的平靜，這個委身於種種感情困惑的女人，於剎那間從所有困惑中獲得自由、近乎傲慢的平靜——是從哪兒來的？

倘使任悅子那樣下去，也許不至於燒傷吧。彌吉的呼聲，把她從靈魂假寐僅有的可能平衡中喚醒，或許是那時才害她的手被燒傷吧！

望著悅子手上的繃帶，彌吉有點膽怯了。他感到彷彿是自己受傷了似的。悅子這個女人，絕不能說是輕率，她平時沉著得令人有點毛骨悚然。她的受傷絕非尋常。先前她的中指纏了小繃帶，彌吉詢問時，她微笑著說是火燒傷的；不至於是她自己烤傷的吧？剛拆那小繃帶不久，接著這大繃帶又把她的手掌給包住了。

彌吉年輕時代發明、並洋洋自得地向朋友們披露的一家之言，就是所謂女人的健康是由許多病痛組成的；正像彌吉的一個朋友，與一個據說患不明胃疾的女人結了婚，婚後不久，妻子的胃病居然痊癒了。剛放下心來，就進入厭倦期，他又為她開始頻頻發作的偏頭痛所苦惱。他偶爾產生惡念、見異思遷，妻子一覺察到，偏頭痛反而完全好了。但接踵而來的，是未婚時期的胃病復發；一年後診斷為胃癌，很快就過世了。女人的病，究竟哪些是真、哪些是假，實在無法判斷。剛以為是假病，卻突然生下孩子、突然與世長辭。

「再說，女人這種粗心是有難言之隱的。」彌吉尋思，「年輕時代的朋友中，有個名叫辛島的花心蘿蔔。他的妻子在他外遇時就很粗心，每天都摔破一個碟子；這是純然的粗心。據說妻子壓根兒就不知道丈夫有外遇。每天她對自己的手這種並非出於本意的失態，都單純地感到驚愕，聯想起『碟子宅第』[11]中那個名叫阿菊的傢伙，也是因為粗心，把碟子摔破了。真有意思。」

一天清晨，彌吉前所未見地拿竹掃帚打掃起庭院來。他的手指被刺扎著，他置之不理，以致有點化膿。不覺間膿消失，手指痊癒了。彌吉討厭藥，沒有塗藥。

11 原文作「皿屋敷」，傳說一個名叫菊的女子，不慎把主家的秘藏碟子摔破了，受到懲罰，貶為庶民，死後其幽靈每天都悲傷地數碟子。

白天，彌吉從旁看見悅子苦悶的樣子，晚上感到身邊的她難以成眠，他夜間的愛撫就愈發纏綿了。的確，關於悅子嫉妒三郎，彌吉既嫉妒三郎，同時也嫉妒悅子毫無價值的單戀。儘管如此，他對能給自己以某種刺激的嫉妒心，也多少感到一點意外的幸福。

彌吉故意誇大，散布三郎和美代的流言，藉以暗中折磨悅子，這帶給他某種奇妙的親愛之情，也可以說是反論式的「友愛」吧！他緘口不語，是因為怕這種遊戲過頭，會失去悅子。近日來，對於彌吉來說，她是他不可缺少的人；她彷彿成了他某種罪過或惡習似的、不可或缺的東西。

悅子是美麗的疥瘡。以彌吉的年齡來說，為了感覺到癢，疥瘡也就成為必須了。

彌吉體貼她，節制地散播有關三郎和美代的流言。悅子反而愈發不安，懷疑是否發生了什麼不讓她知道的事；難道還可能出現什麼比這更嚴重、更惡劣的事嗎？這是不知何謂嫉妒的人的疑問。在嫉妒的熱情不受事實上的證據所牽動這點上，毋寧說這是近於理想主義者的熱情。

……相隔一週，洗澡水燒好了，彌吉先入浴。若按往常，他總是與悅子一起泡澡。但悅子今天有點感冒，不洗澡了，所以彌吉獨自入浴。

恰逢此時，杉本家的女人全部集中在廚房裡：悅子、千惠子、淺子、美代，加上信子，全都來洗自己的餐具。悅子感冒，脖子上圍了條白絹圍巾。

淺子難得談起還沒從西伯利亞回來的丈夫。

「要說信嘛，八月間來過一封吧。他這人本來就懶於執筆，真沒法子啊。不過，我想哪怕一星期寄來一封也好。雖說夫妻間的愛情用語言和文字是表達不盡的，但連用語言和文字也不願表現，我認為這就是日本男人的缺點。」

千惠子想像著祐輔此刻或許正在零下幾十度的凍原挖掘，要是他聽見這些話……她覺得好笑。

「就算一星期寫一封，也不可能都送達呀。說不定祐輔都寫了呢？」

「是嗎？那麼，那些沒送到的信都到哪兒去了？」

「大概是配給蘇聯寡婦了吧。肯定是的。」

開過這種玩笑之後，千惠子察覺這多少是對悅子有點傷害的玩笑。多虧信以為真的淺子提出了愚蠢的反問，才圓了這個場。

「是嗎？可是用日文寫的信，她們看不懂吧。」

千惠子當耳邊風。她在幫悅子洗餐具。

「會把繃帶弄濕的呀。我幫妳洗。」

「謝謝。」

其實要悅子離開洗碗盤這種機械式的動作，反而會使她難受。機械式地行動，是她近日來幾乎所有肉感的慾望、是她的樂趣。她甚至想等手傷痊癒，就用公認的、令人驚愕的速度，把彌吉和自己拆洗漿好的秋天和服縫製完成。她覺得自己的針線活能以超人的速度進行。

廚房裡燃著一盞昏暗的二十瓦無燈罩電燈，順著被煙熏黑的天花板橫梁吊下來。婦女們必須面對有手影的水池清洗餐具。悅子倚著窗框看正在洗涮飯鍋的美代的背影。在那粗糙、褪了色的軟棉布腰帶下，腰間肌肉灰暗地隆起，不是像馬上要下蛋的樣子嗎？這個健康的姑娘，不曾出現過懷孕的反應。夏季裡，美代身穿寬鬆筒式短袖夏服，但連剃腋毛都不懂。流汗時，她就在人前將毛巾伸進腋下揩拭……這腰身像果實般成熟的模樣，悅子也有過這種彈簧般的線條，這種沉甸甸、像裝滿水的花瓶般的重量感……這一切都是三郎造成的。是這年輕園丁精心播種、細心栽培出來的。這女人的乳房與三郎的胸脯汗涔涔地貼在一起，分不開，就像被清晨的露珠濡濕了的卷丹，花瓣與花瓣靜靜地緊貼在一起，不分離。

忽然間，悅子聽見彌吉在洗澡間說話的聲音。洗澡間緊挨著廚房，三郎在屋外負責燒洗澡水。原來是彌吉在與三郎攀談。

討人厭的沸沸揚揚的澡水聲，反而讓人感受到彌吉那瘦骨嶙峋的衰老肉體的存在。他那窪陷的鎖骨處蓄著熱水流不下來。

天花板上回響著彌吉乾涸的聲音，撞擊著三郎。

「三郎，三郎。」

「是，老爺。」

「要節約柴薪啊！從今天起，美代也和你一起入浴吧，早點出來。分開入浴太費時，少說也得添加一、兩根柴薪。」

彌吉浴罷，輪到謙輔夫婦，然後是淺子和兩個孩子。悅子突然說出她也要入浴，把彌吉嚇了一跳。

悅子泡浸浴池裡，腳趾尖探了探澡池的栓塞。只剩下三郎和美代還沒入浴了。悅子在熱水裡，直泡到臉頰周圍，她伸出那隻沒有纏繃帶的胳膊，把澡池的塞子拔掉了。

這種行動沒有深奧的道理，也沒有目的。

她想：我就是不許三郎和美代一起入浴。

正是這念頭，使得悅子不顧感冒而入浴，並將澡池的塞子拔掉。

講究浴室陳設是彌吉唯一的樂趣。他的浴室裡備有扁柏木製的方形浴池和扁柏簾子，面積是四疊寬；浴池又寬又淺。拔掉塞子、放走池水，聽見流水發出小海螺似的鳴聲，悅子露出連自己也覺意外的幼稚、滿足的微笑，窺視著骯髒得發黑的熱水水底。

她心想：我到底在幹什麼啊！這樣惡作劇有什麼意思呢？不過，孩子的惡作劇究其原因，自有其正確的道理。因為在孩子的世界裡，要把漠不關心的大人的注意力吸引到自己身上，唯一的計策就是惡作劇。孩子感到自己被拋棄了。孩子和單相思的女人，是棲宿在被拋棄的同一個世界裡啊。這樣的居民才缺乏同情心，才變得殘酷！

熱水表層漂著微小的木屑、脫落的毛髮和雲母般的肥皂油，正緩緩地畫著圈子。悅子裸露著肩膀，將胳膊橫放在浴池邊上，又把臉頰貼上。轉瞬間，肩膀和胳膊就不沾水了。適度的熱水泡暖了肌膚，在昏暗的無罩電燈下，放射出光滑的疲憊光澤。悅子從臉頰感觸到兩隻光潤胳膊的彈力，覺得真是莫大的浪費、屈辱和徒勞。她自語道：浪費、浪費、浪費啊！這溫暖馨香的肌膚裡充滿著青春、過剩，簡直就是盲目且愚蠢的生物，真令人惱火。

悅子將頭髮攏起、盤繞起來，用梳子固定。天花板上的水珠偶爾滴落在她的頭髮和脖頸上，但她把臉伏在胳膊上，無意躲閃這涼颼颼的水滴。有時，水滴落在她伸出浴池外、纏著繃帶的手上，水滴便暢快地滲透進去。

熱水緩慢地、極其緩慢地流出了排水口。觸及悅子肌膚的空氣和熱水的交會處，彷彿舔著悅子的肌膚使她發癢，從她的肩膀到乳房、從乳房到腹下一點點地流了下去。恍如一番纖細的愛撫之後，一陣緊緊束縛住似的肌寒裹住她的身軀。這時，她的脊背猶如冰一般。熱水稍微加速旋轉，從她的腰部周圍漸漸地退了下去……

她想：這就是所謂的死亡，就是死啊。

——悅子不由地想呼救。她驚愕地從浴池裡站起身來，才覺察到赤身裸體的自己剛才就蹲在放空了水的浴池中。

悅子回彌吉的房間，在走廊上與美代照面，她爽朗、揶揄似地說：

「喲，我忘了，還有你們等著入浴吶。我把洗澡水都放了。對不起。」

美代不明白悅子這番猝然脫口而出的話。她呆立不動，也沒有回答，只顧著注視那兩片簡直毫無血色、顫動著的嘴唇。

這晚，悅子發燒了，臥床兩、三天。第三天體溫幾乎回到了正常溫度。所說的第三天，就是十月二十四日。

癒後疲乏貪睡，午睡一覺醒來，已是深更半夜。身旁的彌吉正在打鼾。

掛鐘敲響十一點的不安與舒暢、瑪基的遠吠、這個被拋棄的夜晚的無限重複……悅子突然感到非比尋常的恐怖感，把彌吉叫醒了。彌吉從寢具中抬起穿著大方格花紋睡衣的肩膀，笨拙地握住悅子伸出來的手，單純地嘆了口氣。

「請別鬆開手。」悅子說。

「唔。」

她依然凝視著天花板上隱約可見的奇異木紋，沒看彌吉的臉。彌吉也沒看悅子的臉。

爾後，彌吉喉嚨裡有痰，清了清嗓子，沉默良久。他用一隻手拿起枕邊的紙，把嘴裡的痰吐在上面扔掉。

「今晚美代在三郎的房間歇宿吧。」片刻，悅子說道。

「……不。」

「你不告訴我，我也知道。他們在幹什麼，我不看也明白。」

「明兒早晨三郎要去天理，因為後天是大祭祀……出門前一晚，發生那種事也是沒辦法的啊。」

「是啊，沒辦法啊。」

悅子鬆開了手，披上薄棉睡衣，歔欷不已。

對於自己被置在不透明的位置上，彌吉很困惑。為什麼不憤怒呢？喪失了這種憤怒，又是怎麼回事？這女人的不幸，為何竟如此地讓彌吉抱有如同共犯般的親密感呢？這又是怎麼回事？……他佯裝睡眼惺忪的樣子，用沙啞而溫存的聲音對悅子說話。在企圖用這個夢的故事來欺騙女人之前，彌吉早已欺騙了自己這種不能指望解決任何問題、宛如難捉摸的海參般的判斷。

「妳畢竟住在這種寂寞的農村，心情浮躁，才淨想些有的沒的。老早就跟妳約好，這回良輔周年忌辰，一起到東京掃墓去。我已經託神阪將近畿鐵道公司的股份賣掉，這回賣掉了一些，如果想奢侈一下，也可以搭二等車去。不過，還是節約點旅費，把錢花在逛遊東京更好。也可以去看很久沒看的戲。只要去東京，就不缺享樂的地方……但是，我還有比這更高的理想。我想，從米殿搬回東京也未嘗不可，甚至還想恢復原職呢。有兩、三個東京的老朋友已經重返工作崗位了。像宮原那樣不通情達理的人另當別論，大家都是可以信賴的；如果去東京，我就找兩、三個老朋友試探一下……下這番決心並非易事，不過，我這麼考慮，全是為了妳。都是為了妳好。妳幸福，我也就幸福。我在這農場生活，本來是心滿意足了；可是，自從妳來後，我的心情多少像年輕人那樣，開始動搖了。」

「什麼時候動身？」

「搭三十日的特快車怎麼樣？就是平時搭的『和平號』啊。我與大阪站站長有交情，這兩、三天我去大阪託他買票吧。」

悅子希望從彌吉的嘴裡探聽的不是這件事。她考慮的是另一樁事情。這種莫大的隔閡，讓差點跪在彌吉跟前、依賴彌吉幫助的悅子心寒了。她後悔自己剛才把溫熱的手掌伸向彌吉。這手掌解開了繃帶後，依然疼痛，就像灰燼乾冒煙那樣。

「去東京之前，我有件事拜託你。希望你在三郎去天理、不在這裡的期間，把美代給辭掉。」

「這有點不講理囉。」

彌吉並不驚訝。病人在嚴冬時節想看牽牛花，誰會愕然呢？

「辭掉美代，妳打算幹什麼呢？」

「我只覺得因為美代，才害我生了這場病，這麼痛苦太不值得。有哪戶人家會把害主人生病的女傭，繼續留在家裡呢？這樣下去，也許我會被美代折磨死。不辭掉美代，就是爸爸想間接把我殺掉囉？不是美代，就是我，總得有一個人離開這裡。如果你願意讓我離開，我明天就去大阪找工作。」

「妳把問題說得太嚴重了。美代沒有錯，硬將她攆走，也得不到其他人的支持啊。」

「那麼，好吧，我走。我也不願再待在這裡了。」

「所以我說，我們搬到東京去嘛。」

「跟爸爸一起去嗎？」

這句話本來不含任何意義的色調，聽在彌吉耳裡，卻使下面的話頭多了一種促使他不安的想像力。這身穿方格花紋睡衣的老人，為了不讓悅子繼續說下去，便從自己的睡鋪慢慢膝行至悅子那邊。

悅子把薄棉睡衣披在身上，不讓彌吉靠近。她毫不動搖的雙眸，盯著彌吉的眼睛。面對她的一言不發，她那沒有厭惡、沒有怨恨，也沒有傾訴愛的滾圓雙眸，彌吉有點畏縮了。

「不要，不要。」悅子用低沉且沒有感情的聲音說。「直到解雇美代為止，我都不要。」

悅子是從哪裡學來這種拒絕的？生這場病之前，通常她一感到彌吉向她膝行過來，就立即閉上眼睛。一切都是在閉上雙眼的悅子周遭、在她的肉體周遭發生。對悅子來說，所謂外界發生的事，也包含在自己肉體上進行的事。悅子的外部是從哪兒開始的？懂得這種微妙操作的女人內部，最終會包含一種宛如被禁閉、被窒息的爆炸物似的潛在力量。

悅子看見彌吉的這副狼狽相，感到格外滑稽。

「任性的姑娘也令人傷腦筋，真拿妳沒轍。妳愛怎樣就怎樣吧。妳想趁三郎不在家，把美代攆走就攆走好囉。不過……」

「三郎嗎？」

「三郎也不會溫順地就此罷休吧。」

「三郎會走的呀。」悅子明確地說。「他一定會隨美代之後走的呀。他們兩人相愛……我就是想在沒有人命令的狀況下讓三郎主動離開，才想要解雇美代的。對我來說，最好的狀況還是三郎離開這裡。可是，我怎麼也難以說出口；太難堪了。」

「我們終於意見一致了。」彌吉說。

這時，通過岡町站的末班急行電車，汽笛聲劃破了寂靜的夜晚。

按謙輔所說，悅子的燒傷和感冒，跟逃避徵兵很像；論逃避徵兵役，我是老前輩，我說的一定沒錯。他笑著如是說。就這樣，悅子得以免除勞役，再加上不能讓懷孕四個月的美代做粗活，杉本家僅有二反[12]的地，從割稻、掘薯、除草乃至收穫水果等重擔，今年自然都落在了謙輔肩上。他依然是不斷嘟囔、不服氣，懶洋洋地工作。土地改革前，這塊像包巾大小、本是瞞稅的黑地，如今也被迫一般起分攤、繳納糧食了。

三郎把慣例的天理之行往後推遲，認真拚命地工作。收水果的工作大致結束了。收穫期間，他還賣力地掘薯、秋耕和除草。在秋日晴朗的天空下勞動，他曬得黝黑，看起來比實際年齡成熟，是個身健力壯的青年。他理平頭的頭部，像小公牛首那樣飽滿。他收到過一封來自不太熟悉的農村姑娘的情書，使他愈想愈苦惱。他笑著將情書念給美代聽。再收到另一位姑娘的情書時，他就沒有告訴美代了。倒不是想有所隱瞞，不是去相會，也不是回信了，而是天生寡言的秉性，使他這時沉默不語。

但對三郎來說，好歹是新鮮的經驗。對悅子來說，要是她發現三郎知道自己被人所愛，那理應成為其重要的契機。三郎漠然地思考著有關自己給予外部的影響。過去，對他來說，外部不是一面鏡子，而是可以自由馳騁的空間，僅此而已。

這新鮮的經驗，與秋陽曬黑了的額頭和臉頰相輔相成，帶給他前所未見的、微妙的、青春的驕傲。由於愛情的敏感，美代也察覺到了這種變化。但她卻解釋為這是三郎對自己採取的、不愧為丈夫的態度。

十月二十五日早晨，三郎身穿彌吉送的舊西服和土黃色褲子，腳穿悅子送的襪子和運動鞋，一派盛裝打扮，啟程了。他的旅行包是通學用的粗糙帆布包。

---

12 土地面積單位，一反約等於九百九十二平方公尺。

「去跟令堂商量結婚的事吧。把令堂帶來，讓她看看美代。我們可以讓她留宿二、三天。」悅子說。

這是常理，悅子為什麼還要這樣叮囑呢？她自己也不知道。難道是為了把自己逼到進退維谷，才需要這樣措詞？還是考慮到被帶來的三郎母親，看不到最關鍵的兒媳婦而感到茫然、發生可怕的事態，才試圖打消自己的原意？

悅子在走廊上攔下前去彌吉房間告別的三郎，快嘴地只說了這麼幾句。

「好。謝謝。」

三郎即將上路，十分興奮，有點沉不住氣，目光閃爍中表現出一種誇張的感謝。他一反常態，一本正經地凝望悅子的臉。悅子盼著他握手，盼著他壯實胳膊的擁抱；她情不自禁，想把燒傷初癒的右手伸過去。然而，又顧慮傷痕的感觸會給他的手掌留下不快的記憶，就克制住了。瞬間不知所措的三郎，再次留下了快活含笑的眨眼，便轉身匆匆地離開了走廊。

「那背包很輕吧。簡直像去上學啊。」悅子在他背後說了這麼一句。

美代獨自把三郎一直送到橋那邊的入口處。這是權利。悅子清清楚楚地目送這個權利。三郎來到石板路下坡的台階上，再次回頭向走到庭院的彌吉和悅子行了舉手禮。三郎的背影消失在已開始變色的楓林裡，但他微笑露出的牙齒，依然鮮明地印在悅子的腦海。是美代打掃室內環境的時刻了。約莫過了五分鐘，她才無精打采地穿過樹葉間隙篩落下來、鋪滿陽光的石階爬上來。

「三郎走了吧。」悅子問了句毫無意義的話。

「對，走了。」美代也回答了一句毫無意義的話。她露出簡直不知是喜還是悲的、無動於衷的表情。

目送三郎的時候，悅子心中掀起了一股帶柔情的動搖和反省情緒。痛切的內疚、罪過的思緒充滿胸臆。她甚至考慮是否撤銷解雇美代的計畫。

然而，悅子一看見折回來的美代那副早已沉下心來與三郎度日的、極其安心的神色，不禁火冒三丈。她輕易地回到最初的堅決信念，絕不撤銷自己的計畫。

五

「三郎回來啦！剛才我在二樓看見他從府營住宅那邊抄田間近路走回來。真奇怪，只有他一個。沒看到他母親。」

千惠子急忙前來通知正在做飯的悅子，是在天理大祭祀翌日、即二十七日的傍晚。

悅子在炭爐上用鐵架烤秋鯖魚。她聽了只是將放上魚的鐵架擺到旁邊的板上，往火上放了鐵壺。這沉靜的動作似乎有點刻意，像是要使自己的感情合乎規範。然後她站起身，催促著千惠子和她一起上二樓去。

兩個女人匆忙地登上樓梯。

「三郎這小子簡直叫人不得安寧啊！」謙輔說。他正躺著讀阿納托爾．法朗士（Anatole France）的小說。不一會兒，悅子和千惠子的熱心也讓他按耐不住，走到窗邊和兩個女人一起站著。

府營住宅兩側的森林盡頭，夕陽已半隱沒。蒼穹的晚霞嫣紅似爐火。

田裡已大致收割完畢，從田間小路邁著穩健步伐走過來的人影，的確是三郎。有什麼好不可思議的？他按照預定的日子、預定的時間回來了嘛。

他的影子伸向斜斜的前方。背包晃盪，幾乎從他的肩頭滑落，他像中學生似的一隻手按著。他沒戴帽子，也沒有不安或畏懼，踏著儘管悠閒卻不遲疑的堅定腳步走過來。要是他直直走，就會去到公路上了。他向左拐，走上了田間小路。接下來他要經過成排的稻架，就得留心腳下，小心翼翼地走了。

悅子聽見自己的心在狂跳。不是因為喜悅，也不是出於恐懼。自己等待的，究竟是禍是福，她也分辨不清。總之，她等待著的對象終於來了。該來的終究來了。她心潮澎湃，連該講的話都說不出口；好不容易才對千惠子說：

「怎麼辦呢？我，不知道怎麼做才好啊。」

若是在一個月前，悅子嘴裡吐出這番拿不定主意的話，謙輔和千惠子不知會怎樣驚愕啊。悅子變了。女強人失去了臂力。現在悅子希望的，就是回來的三郎一無所察地對自己投來最後的溫柔微笑，與知道了他該知道的事之後、向自己報以頭一遭最嚴厲的斥責。這幾天夜裡，這種種夢想不知多少回輪流交替著，令悅子苦惱不已！隨之而來的，便是她早已猜到的既定事實。三郎可能會譴責悅子，並隨美代離開這個家吧。明天這個時刻，悅子大概就見不到三郎了；不！毋寧說，能夠像這樣從二樓的欄杆邊上隨意地眺望他，此時此刻恐怕是最後一次了吧……

「真奇怪。妳要打起精神來啊。」千惠子說。「只要有解雇美代時的那種男氣，就沒有什麼事辦不到。真的，我們對妳全然改觀了；真佩服妳啊！」

千惠子像對待妹妹似的，緊緊摟著悅子的肩膀。

對悅子來說，解雇美代是她對自己的痛苦的第一次修正。這是讓步，甚至可說是屈服。然而，在謙輔夫婦看來，這卻是悅子採取的第一波攻勢。

千惠子打從心底這樣想：讓一個懷孕四個月的女人，揹著行囊被攆出家門，可是樁大事啊！

美代的哭聲、悅子的嚴厲態度，以及一直把美代送到車站後硬逼著她搭上電車的悅子那冷靜透徹的目光，還有昨天親眼目睹的這戲劇性事件，使他們夫婦甚感興奮。他們從沒想過會在米殿看到如此值得一觀的事。美代揹著用真田繩捆好的行囊走下石階，悅子則像警官般押後。

彌吉悶悶不樂地關在自己房間裡，連瞧也沒瞧來辭行的美代一眼，只說了聲：長久以來辛苦了。淺子不知發生了什麼事，嚇得魂不附體，兜來轉去。謙輔夫婦沒聽到任何說明，卻能理解箇中意義，非常值得自鳴得意。他們對自己能夠理解不道德和罪惡感這點上，自負本身也可能是不道德的。不過，這是類似新聞記者自命社會先鋒的衝動罷了。

「妳把事情辦到這一步，難為妳了。剩下的，我們會幫忙妳。請別客氣，只管吩咐好囉。我們會盡力而為的。」

「為了悅子，我會認真表現的。事到如今，對爸爸也用不著客氣啦。」

窗邊的夫婦倆將悅子夾在當中，爭著這樣說道。悅子雙手攏了攏鬢髮，走到千惠子的化妝台前。

「讓我用一下妳的古龍水好嗎？」

「請用吧。」

悅子拿起一個綠色小瓶，將滴在掌心的幾滴香水，神經質地往兩邊鬢角上抹了抹。化妝鏡上垂著褪了色的、印有山水花鳥圖的友禪綢簾子。她並不想把它掀開；她害怕看見自己的臉。這張過一會兒要會見三郎的臉，變得不安起來。她又將鏡簾子斜斜地撩起一角。她覺得自己抹的口紅似乎太濃，就用帶花邊的小手絹將口紅揩掉。

比起感情的記憶，行動的記憶更沒有留下痕跡。她終究無法相信，昨天那個對哭訴著遭無理解雇的美代絲毫無動於衷的悅子、推著那揹著沉重包袱的可憐孕婦把她送走的悅子，與現在的自己竟是同一個女人。她不覺後悔，也沒有「幹麼要後悔」這種緊張的拉鋸，同時發現自己就無可奈何地坐在過去懊惱的點上，坐在那任何事都難以打動的、腐敗了的感情堆積上。毋寧說，重新告訴別人自己的懦弱無力，不就是所謂的有罪之人嗎？

謙輔夫婦沒有放過協助的機會。

「現在三郎如果憎恨悅子，一切就結束了。爸爸如果替妳承擔責任，說明解雇美代是他的決定，這是最好的辦法；可是爸爸恐怕沒有那麼大的度量。」

「爸爸說了，他什麼也不會跟三郎說，只是不承擔一切責任。」

「爸爸會這樣說也無可厚非。總之，就交給我來辦吧。不會叫妳為難的。也可以說美代接到父母急病的電報，就回老家去了。」

悅子清醒過來。她不把眼前的這兩人看作是幫忙出主意的人，反而更像是不誠實的嚮導，打算把自己領進敷衍了事的迷霧中。悅子不該再踏進去，否則，昨日那種果敢的決斷也只是徒勞。

就算悅子把美代解雇無非是對三郎懇切的愛的表白，但到底還是為了悅子自己，為了悅子自己要活下去，不得不採取的行動，這正是自己的本分。悅子倒願意這樣來思考問題。

「我必須明確地告訴三郎，解雇美代的人就是我。我還是要對三郎說，你不幫我也沒關係，我一個人也要這麼做下去。」

在謙輔夫婦看來，悅子這種冷靜的結論，只能當作是她出於自暴自棄的困惑，最終道出的謬論。

「請再冷靜考慮一下。如果這樣做，一切就結束了。」

「正如千惠子所說的，這是下策。這事妳就交給我們辦吧。絕對不會對妳不利的。」

悅子露出莫名的微笑，微微歪了歪嘴角。她想：除非觸怒他們兩人、把他們劃歸敵方，否則無法排除這兩個只會幫倒忙的障礙。她反手將腰帶後面重新繫好，像疲憊的大鳥懶洋洋地做起飛前整翅動作似的站起身來，剛邁下樓梯就說：

「真的，你們不用幫忙了。這樣我反而輕鬆些。」

她這一招把謙輔夫婦怔住了。他們十分惱火，與趕到火場幫忙的男人被整理現場的警官制止時的憤怒一模一樣。失火時，本來只有對抗火的水才是最重要的，他們卻是屬端著滿滿一洗臉盆溫水跑過來的那種人。

「那種人可以對別人的親切視而不見，真令人羨慕啊。」千惠子說。

「這且不說，但三郎的母親沒來，又是為什麼呢？」

謙輔這麼說，察覺到自己的疏忽；僅僅因為三郎回來、亂了方寸的悅子的影響，他竟沒把這發現提出來。

「別再管這種事了。今後也絕不會幫悅子的忙，這樣我們還樂得輕鬆。」

「我們從此可以安心地袖手旁觀囉。」

謙輔吐露了真心話。與此同時，他難過自己失去了依據：即對悲慘事情展現其高尚情操、從而得到人道上的滿足。

悅子下樓，坐在炭爐邊上。她取下爐火上的鐵壺，又將鐵架放回上面，廊沿有塊彌吉備好的、向外伸出的板子，放在這上面的炭爐就供彌吉和悅子燒菜做飯使用。美代不在，今天起燒飯的事就由大家輪流負責了。今天輪到淺子。淺子下廚，信子代替她唱童謠哄夏雄。那瘋狂般的笑聲，響徹了早已籠罩著暮色的每一間房。

「什麼事啊！」

彌吉從房間裡出來，蹲在炭爐邊上。他心情很差，拿起長筷子將鯖魚翻了個面。

「三郎回來啦。」

「已經回來了嗎？」

「不，還沒到呢。」

離廊沿四、五尺遠處是道茶樹籬笆，夕陽殘照彷彿黏在籬笆的茶葉尖上，凝聚著餘輝。還有尚未綻開的堅實蓓蕾，點綴著無計其數、同樣形狀的小影子。只有在粗略修剪過的籬笆上高高探出來的一、兩株小枝椏，從下面承受著陽光，顯得更加悠然，放射出了異彩。

三郎吹著口哨登上石階。

悅子回想起：有回與彌吉對弈，沒敢回頭望一眼三郎就寢前前來道晚安的難過樣子。悅子垂下眼睛。

「我回來了。」

三郎從籬笆上露出了上半身，招呼了一聲。他襯衫的前襟敞開，露出淺黑色的咽喉。悅子的視線和他單純而年輕的笑臉相遇了。一想到以後再也見不到他這無拘無束的笑臉，只好在這種注視中注入甜美又痛楚的努力。

「啊。」

彌吉心不在焉地應了一聲，然後點點頭。他沒有瞧三郎，卻淨望著悅子。

火苗偶爾燒著鯖魚的油脂，騰起一道火焰。悅子靜靜地沒動，彌吉連忙把火給吹滅。

彌吉心想：怎麼回事？全家人都察覺到悅子的戀情而感到棘手之際，唯有當事人——這個年輕的小伙子一點都沒有發現。

彌吉有點不耐煩地將再度燃起魚油的火焰吹滅。

說到悅子，她意識到剛才在謙輔夫婦面前誇口自己要親自對三郎坦露真心的瘋狂勇氣，其實不過是空想的勇氣罷了。都已經看到他這副純潔明朗的笑臉，她怎能還有這種令人作嘔的勇氣呢？然而，事到如今，再也找不到可以幫助她的人了。

……儘管如此，在悅子這種誇口的勇氣裡，說不定交織著狡猾的慾望呢！從一開始就預料到的受挫、在任何人將不祥的事實告訴三郎前的這段安穩期間——至少是悅子和三郎同在一個屋頂下、彼此互不憎恨地相處的時間——爭取著延長它，哪怕只是一分一秒，也希望盡可能延長啊！難道不是嗎？

過了片刻，彌吉開口道：

「奇怪啊。那小伙子沒有把她的母親帶來。」

「真是的。」

悅子佯裝詫異，彷彿自己才發覺似的，附和了一句。異樣的不安喜悅在驅策她。

「不妨問問，他的母親會不會隨後就來，好嗎？」

「算了。這樣就必然會觸及美代的事。」

彌吉用宛如老年鬆弛皮膚般的諷刺口吻攔阻了她。

此後的這兩天裡，悅子身邊保持著奇妙的平穩狀態。這兩天裡，病情好轉得令人有點啼笑皆非，恍如絕望的病人顯出難以說明的迴光反照，使看護者愁眉舒展，再次徒勞地轉向一度滅絕了的希望。

發生了什麼事？現在發生的事算幸福嗎？

悅子帶著瑪基外出散步了很長時間。還送彌吉去梅田車站、託人代購特急車的車票，拉著瑪基的牽繩一直走到了岡町站。這是二十九日下午的事。

兩、三天前，她剛掛著可怕的面孔送走了美代，如今她在同一個停車場前憑倚著新塗過白漆的欄柵，與彌吉談了一會兒。今天彌吉難得刮了鬍子，穿著一身西裝，還拄著一根斜紋木手杖。他任好幾趟開往梅田的電車開走。

因為悅子這副與平日不同的幸福模樣，令彌吉深感不安。狗兒忙著在附近嗅個不停，害她穿著木屐踮腳尖，不時踉蹌，叱責了瑪基；不然就用看似有點濕潤的眼睛，和成為習慣似的舒暢微笑，駐足車站前的書店和肉鋪門前，什麼也不買，只是凝望熙來攘往的人群。書店裡飄揚著紅旗和黃旗，是兒童雜誌的廣告旗子。這是一個風變得有點強的多雲午後。

彌吉心想：看悅子這幸福的模樣，大概是與三郎談妥了什麼吧。她今天不一起上大阪，可能就是這個緣故。但如果是，她為什麼對明日起同行的長時間旅行，未表任何異議呢？彌吉的看法並不正確。表面上悅子看似幸福，然而這不過是她考慮再三、覺得厭煩了，即將陷入混沌前的一種束手無策的沉靜罷了。

昨日整天，三郎若無其事地時而割草，時而下田，看不出有什麼心神不寧的事。悅子經過他面前，他脫下草帽跟她打了招呼。今早也是如此。

這年輕人本來就寡言，除非是接受主人的命令或回答主人的質問，否則絕對不主動開口。就是終日沉默，也不覺得苦惱。美代在時，有時也盡情地開開玩笑，很有生氣。他即使沉默，那副充滿青春活力的容貌，也絕不會給人憂鬱沉思的印象。他的整個身軀彷彿是衝著太陽和大自然在傾訴、在歌唱，那勞動著的五體動作，洋溢著可以說是真正生命的頑強。

悅子猜測，這個擁有單純而輕信靈魂的人，至今仍無憂無慮地確信美代還在這戶人家。他可能會這樣想：美代只是因事外宿，今天也許就會回來。即使對此惴惴不安，他也不會向彌吉和悅子探詢美代的行蹤。

這麼一想，悅子的心情變了。她相信三郎的平靜全然維繫在自己身上，因為悅子還沒有告訴他真話，什麼都不知道的三郎自然不會咒罵她，也不會隨美代離開這裡。事到如今，悅子心裡說實話的勇氣已經衰微了。這不僅是為了悅子，也是為了三郎這短暫、假想的幸福，毋寧說她祈望的就是這衰微。

但他為什麼不把母親帶來呢？即使是參加完天理大祭祀回來，只要別人不打聽，他也絕不會主動詳細描述大祭祀的盛況或旅途中的見聞。於是，悅子再次陷入難以判斷的境地。

……微小的、難以言明的希望，如果和盤托出，也不過是招人恥笑的空想的微小希望。這些深層的不安，在悅子的心中萌生。內疚與這種希望，使她顧忌正面迎視三郎……

「三郎這小子為什麼無動於衷，一點也不著急呢？」彌吉繼續尋思。「悅子和我本來以為解雇美代，三郎就會馬上離開，如今這種打算也許會落空。沒什麼，不管它。只要能跟悅子一起旅行，事情就算完結了。就說我吧，到了東京，說不定會在某個節骨眼上遇到新的僥倖呢，不是嗎？」

悅子把拴著瑪基的牽繩繫在欄柵上，回頭望了望鐵路。鐵軌在陰暗的天空下發出銳利的光，布滿無數細微擦傷痕跡的鋼軌那耀眼的斷面，以帶著幾分不可思議的親切平靜，向前伸延。鐵軌旁曬熱的碎石上，灑落著纖細的銀色鋼粉；不久，鐵軌傳導著微弱的震動，發出聲響。

「大概不會下雨吧。」悅子突然對彌吉說，只因憶起了上個月的大阪行。

「這種天色，不要緊的。」彌吉抬頭仔細望了望天空，回答說。

四周轟隆隆的，上行的電車進站了。

「你不上車碼？」悅子頭一次這樣問道。

「為什麼妳不一起來呢？」電車聲的轟鳴令彌吉不得不提高嗓門，緩和了追問的語調。

「你瞧我這身便服的打扮，還帶著瑪基呢。」

悅子的話稱不上理由。

「可以把瑪基寄放在那家書店裡嘛。那店主很喜歡狗，也是常光顧的老店了。」

悅子依然左思右想，將拴狗的牽繩解開。這時，她開始覺得明日外出旅行之前，犧牲今天在米殿的最後半天也很合情理。就這樣回家與三郎待在一起，這番想像來自近乎無人會意想到的痛苦。前天他從天理回來時，悅子還很確信他的身影會馬上從自己眼前消失；然而，事實上她依然看到他的身影在眼前晃動，這不僅令她懷疑起自己的眼睛，還一見他就感到不安。她一看到在田裡若無其事地揮動鋤頭的三郎身影，就恐懼起來。

昨日下午，她獨自出門散步了很久，不就是為了逃避這種恐懼嗎？悅子解開了拴狗的牽繩，對彌吉說：

「那麼，我就去吧。」

悅子記得她和三郎並肩走過渺無人影的公路盡頭時，曾想像過那是大阪的中心，如今悅子卻是與彌吉在那裡並肩而行。不知道是什麼陰錯陽差，常常給人生帶來這種奇妙的組合。兩人走到戶外雜沓的人群中，才想起阪急百貨的地下道可以直通大阪站內。

彌吉斜拄著枴杖，牽著悅子的手橫過十字路口。手分開了。

「快，快點！」

他從對面的人行道上大聲呼喚。

兩人繞過汽車停車場的半圈，不斷受到擦身而過的汽車喇叭威脅，終於擠進大阪站雜沓的人群中。黃牛看到拎著皮包的人就趨前兜售夜車的車票。悅子覺得那青年黝黑又柔韌的脖頸有點像三郎，於是回頭看了一下。

彌吉和悅子穿過播放著列車發車和到站時間的喧囂正門大廳，來到完全兩樣、冷清的走廊上，看到了上頭掛著站長室的牌子。

……彌吉只顧與站長搭話，留悅子在候車室裡。她坐在套著白麻布罩的長椅上休息時，不知不覺間迷迷糊糊地打起盹來。電話鈴聲吵醒了她。她一邊望著在寬敞辦公室裡勤快工作的站務員們的日常生活，一邊感到極度地疲憊。不僅是身體，心靈也是，光看到生活的強烈節奏，一旦超過她所能承受，就會令她的痛苦萬分。悅子頭抵著椅背，看到了：桌面上一部電話機響個不停，交替誘出了鈴聲與尖銳的話聲。

她想：電話。似乎很久沒見過那種東西了。人類的感情透過它不斷地交流，但電話本身只不過是奇妙的機械，僅能發出單調的鈴聲。無數樣式的憎恨、愛情與慾望，流經電話內部，它怎麼絲毫不感到痛苦呢？抑或是那鈴聲是不斷揚起痙攣的、難以忍受的呼救？

「讓妳久等了，車票拿到了。據說明天的特急車票很難買，這是很大的情面啊。」彌吉說著把兩張綠色車票放在她伸出來的手上。「是二等票。為了妳才狠下心買的。」

其實明後三天的三等票全部售完了。相反的，二等車票，即使在售票處也買得到。可是彌吉一踏進站長室，為顧及體面，他也說不出口不要二等票。

然後兩人又在百貨公司裡買了新牙刷、牙粉、悅子的乳液，和供今晚在杉本家所謂「送別會」用的廉價威士忌，就踏上了歸途。

清晨，悅子早已將外出旅行的行李準備妥當，所以她把從大阪採購來的僅有物品塞進皮包，剩下的就是為晚上送別會做頓比平日稍豐盛的菜餚。已經不怎麼與悅子說話的千惠子，還有淺子都加入了，幫忙做飯菜。

習慣一般都帶有迷信保守的色彩。十疊的客廳平日並不輕易動用，彌吉建議限於今晚，全家可以聚在客廳共進晚餐。不是什麼可以讓人開朗接受的提議。

「悅子，老爸這麼說真是好怪啊。說不定妳在東京會給老爸餵臨終前的最後一口水呢。麻煩妳了。」一來廚房偷吃的謙輔說。

悅子去查看十疊的客廳是否已打掃乾淨。空盪盪的十鋪席房間尚未亮燈，沐浴在夕照之中顯得有點荒涼，恍如一個空空的大馬廄。在打掃房間的三郎臉朝著庭院。

可能是由於房間昏暗，加上他手中的掃帚以及掃帚靜靜地磨擦榻榻米發出的唰唰聲，這年輕人那孤獨的身影，強烈得難以言喻。儘管如此，站在門檻邊上凝望的悅子，卻彷彿第一次看進了他的內心。

她的心深受罪惡感折磨，但也燃燒著同等強烈的愛戀。藉由痛苦，悅子才第一次真誠地為情所苦。她從昨日起就害怕見到他，或許明顯是愛戀之心在作祟吧。

然而他的孤獨是那樣牢固、純潔，甚至使悅子無縫可鑽。戀慕的憧憬蹂躪著理性與記憶，使悅子輕易忘卻了美代的存在——構成目前罪惡感的主因。她只想向三郎道歉，接受他的責備，甚至承受他的處罰。這種想法值得欽佩——表現出明顯的利己主義。表面上看，這個女人只顧自己，事實上她是第一次體味到如此純粹的利己主義。

三郎發現站在昏暗中的悅子，便回過頭來說：

「有事嗎？」

「掃乾淨了吧。」

「掃乾淨了。」

悅子走到房間中央，環顧了一下四周。三郎穿著土黃色襯衫，袖子捲起，掃帚靠在肩上，凝視著悅子。他發覺昏暗中這幽靈般的婦女正心潮澎湃。

「對了，」悅子痛苦地說，「今晚半夜一點鐘，麻煩你到後面的葡萄園裡等我好嗎？在外出旅行之前，我有些話無論如何也得跟你說。」

三郎默不作聲。

「怎麼樣？能來嗎？」

「是，少奶奶。」

「來還是不來？」

「我會去的。」

「一點鐘，在葡萄園，別讓任何人知道呀。」

「是。」

三郎不自然地離開了悅子，開始掃另一個地方。

十疊的房間裝的明明是一百瓦的燈泡，可是一點亮才發覺連四十瓦的亮度都沒有。由於燃亮了這糟透的昏暗電燈，令人覺得房間比黃昏時的昏暗更加幽暗了。

「這樣哪能壯聲勢啊。」謙輔這麼一說，大家進餐的時候，都關心起電燈來，不時輪流抬頭望望燈泡。

而且難得地擺上了待客用的食案，加上三郎，全家八人以背靠壁龕立柱的彌吉為中心，排成コ字型席地而坐就可以了。可是，好像有田產陶瓷深碗裡盛著的燉肉一樣，落下的陰影使人看不太清楚，所以根據謙輔的建議，讓坐成コ字型的八人擠在四十瓦燈光的範圍以內；這光景與其說像宴會，不如說是聚在一起做夜班的副業。

大家舉起斟上次級威士忌的玻璃杯乾了杯。

悅子忍受著自己造成的不安折磨：謙輔的滑稽相、千惠子「青豁派」[13]式的饒舌、夏雄快活的高聲大笑——她都視而不見、充耳不聞，像不斷尋找艱險山峰攀登的登山客那樣，在不安和痛苦的趨動下，釀成更多新的不安與痛苦。

儘管如此，現在悅子的不安中帶有她獨創的不安，和某種異樣的平庸。她決定攆走美代的時候，這新的不安就已露出苗頭。漸漸地，她做出的判斷失誤之大，甚至可能使她喪失身而為人被分派的幾項任務，喪失她好不容易在這世上獲得的一席位子。對某些人來說是入口的東西，對她來說或許正是出口——它設在猶如消防瞭望臺那樣的高處，許多人打消了爬上那入口的念頭，然而碰巧早就住在那裡的悅子，想從沒有窗戶的房間走出去，也許一打開出口的門扇，就會踩空而墜死。也許絕不從這房間走出去的此一前提，就是為了走出去而運用的所有聰明睿智的唯一依憑。

悅子坐在彌吉旁邊，無須移動視線去看這個上了年紀的旅伴；她的注意力被正對面三郎手上的玻璃杯給吸引了——三郎正端著謙輔勸酒的玻璃杯——厚實純樸的手掌，憐恤似地端著在燈下閃爍著美麗光芒、斟滿琥珀色液體的玻璃杯。

悅子想著：不能讓他喝那麼多啊。今晚他要是喝太多了，一切又得重新開始。他喝得酩酊大醉、睡過頭的話，一切又將落空。只剩今晚了呀。明天我就要去旅行了。

謙輔想幫他續酒，這時悅子禁不住伸出手去。

「討人嫌的姊姊啊。應該讓可愛的弟弟喝嘛。」

謙輔公開諷刺這兩人的關係，這還是第一次。

13 日本二十世紀初以平塚雷鳥為首的女文學家的一派，主張破壞舊道德，解放女性。

三郎聽不懂，只覺有點莫名其妙，手握著空玻璃杯在笑。悅子也佯裝無所謂的樣子，邊笑邊說：

「可不是嗎？未成年喝多了會傷身嘛。」

悅子已將酒瓶奪到手裡。

「悅子當了保護未成年人協會的女會長。」

千惠子袒護丈夫，表示了溫和的敵意。

事情已經發展到這一步，近三天來避忌不談的美代的缺席，就不一定不能成為公開的話題了。禁忌之隨以能維持至今，靠的是巧妙地中和了適度的親切與適度的敵意的冷漠。採取一問三不知主義的彌吉、遭親切禁止的謙輔夫婦，以及與三郎幾乎沒有交談過的淺子，不謀而合地遵從默契的規範，才維持住這個禁忌；然而，一旦有一角崩潰，危險就會立刻曝露眼前。此刻、當著悅子的面，千惠子可能就要揭露她的行徑。

悅子心想：今晚好不容易下定決心、親口向三郎和盤托出，準備接受他的斥責，要是三郎是由別人口中得知這些的，那可怎麼辦？憤怒的三郎可能會先保持沉默，將悲傷隱藏起來吧。更糟的是，當著大家的面，有所顧忌地微笑著寬恕我。一切就將這樣結束。一切的一切，諸如痛苦的預測、不可能實現的希望、令人高興的破滅都會結束吧。但願深夜一點鐘之前，不要發生任何一樁意外！但願在我動手處理之前，不要出任何新的狀況！

悅子臉色蒼白，依然僵硬地坐著，不再出聲了。

無奈的彌吉不得不表示出這種態度：儘管自己同情悅子的苦惱，但也無能為力。縱令他只隱隱捕捉到悅子感受到的威脅內容，然而憑藉日積月累的訓練，也能大致體察出她那顆受威脅的心是如何地動搖。因此他也很清楚，眼下這種情況、在謙輔夫婦面前顯出袒護悅子的胸襟，全都是為了從明天開始的旅行之樂、他所不能不做的努力。於是他發揮了能使在座的熱鬧氣氛冷卻下來的才能，以他從社長時代起就有的自信，滔滔不絕地發表起長篇大論，這才拯救了悅子。

「好了，三郎不要再喝囉。我在你這個年紀，不要說酒，就連香菸也不抽。你不抽菸，令人欽佩。年輕時沒有那些多餘的嗜好，對日後有好處啊。過了四十歲再嗜酒，也為時不晚嘛。像謙輔這樣貪杯，可以說太早了。當然，時代不同，有時代差的問題；必須將這個因素考慮進去。儘管如此……」

大家都沉默不語了。突然間，淺子高聲爆出全然無關的瘋狂之語：

「啊！夏雄睡著啦。我把這孩子安頓好就來。」

淺子抱著靠在她膝上睡著了的夏雄站起來。信子跟著她離開了。

「我們也學夏雄那樣老實點吧。」謙輔體察彌吉的心情，用佯裝孩子般的口吻說，「悅子，把酒瓶還給我吧。我自己喝！」

悅子心不在焉，把放在自己身旁的酒瓶推到謙輔面前。

她緊盯著三郎，即使想移開視線也無法。每逢他們眼神交會，三郎都會不好意思地將目光移開。

她就這麼盯著三郎，特意思考著迄今無法逃脫的命運，又覺得明天安排好的旅行像是某種不確實的、似乎隨時都可能改變的計畫，不免有點狼狽起來。此時她腦中出現的地名不是東京；倘使勉強把它稱作地名的話，那麼後門的葡萄園就是唯一的地名。

杉本家通稱為葡萄園的地方，其實就是彌吉如今放棄栽培葡萄的三棟溫室，以及上百坪桃林組成的一塊屋後土地，是登山和參加祭祀時的必經之路。但除了那些時候，杉本家並不常去那三、四百坪的半荒蕪孤島。

……悅子早已反覆考慮過諸如在那裡與三郎相會時的打扮、提防不讓彌吉覺察到自己的打扮、準備鞋子、盤算著臨睡前先悄悄將廚房的木板後門打開，以免它發出可怕的嘎吱聲……她思緒紛繁，感到不安。

退一步想，又覺得僅僅是為了與三郎長談，這麼許多的祕密安排，約好那樣的時間、那樣的地點，似乎全是白費力氣。毋寧說，似乎是可笑的徒勞。且不說數月前她的戀情尚無人知曉，如今卻已成為半公開的祕密。為了避免無謂的誤解，倘若只是為了「長談」，白天在戶外進行也未嘗不可。因此她的這種長談所期盼的，無非就是悲愴的自白罷了。

是什麼在促使她特意希求這些麻煩的祕密呢？

這最後一夜裡，哪怕是形式上的祕密，悅子也希望能掌握它。她渴望與三郎之間擁有最初的、或許也是最後的祕密。她希望與三郎分享祕密。即使三郎最終沒有給予她任何東西，她也希望從他那裡得到這多少帶點危險的祕密。悅子覺得自己無論如何都有權要求他的這一點點禮物……

十月中旬開始，為抵禦夜寒和晨寒，彌吉就寢時便早早戴上了那頂他稱之為「睡帽」的毛線帽。

對悅子來說，這就是微妙的訊號。晚上他戴著這帽子鑽進被窩，就表示不需要悅子；不戴這帽子就寢，則是需要悅子。

送別會在十一點鐘結束，悅子已經聽到身旁彌吉的鼾聲了。為了明日一早的旅行，需要充足的睡眠。戴著就寢的毛線「睡帽」微微歪斜，露出了骯髒的白髮髮根。他的白髮不是純白，而是花白，給人一種不乾淨的感覺。

難以成眠的悅子借助睡前讀書的檯燈燈光，端詳了那烏黑的「睡帽」。良久，她才把燈熄滅，萬一彌吉醒來，也不會因為自己看書看得太晚而起疑。

此後近兩個鐘頭，漆黑中的悅子承受著望眼欲穿的可怕心情。焦慮與徒然交織著的熱烈幻想，描繪出一幅她與三郎幽會的無限喜悅圖景。她忘卻了自己為招來三郎的憎恨而自白的努力，一如心繫愛戀而忘了祈禱的尼姑。

悅子將藏在廚房裡的便服套在睡衣上，繫上朱紅色的窄腰帶，圍上舊的彩虹色羊毛圍巾，然後穿了一件黑色綾子外套。瑪基拴在大門旁的小犬舍裡睡著了，不用擔心狗吠。從廚房的木板後門走出去。入夜澄明的天空，月光皎潔如同白晝。她不直接往葡萄園走去，而先來到了三郎的臥室前。窗戶是敞開的。被子被推到了一邊。他肯定是從窗戶跳出來，先去葡萄園了。這赤裸裸的發現帶給她出乎意料的官能上的喜悅；她興奮起來。

雖說是屋後，但葡萄園和屋子之間橫亙著一片峽谷般的低窪薯地；而且，葡萄園朝這邊的側面覆蓋有四、五公尺寬的竹叢，從家中全然窺不見溫室的輪廓。

悅子沿著穿過薯地峽谷、雜草叢生的小徑走，貓頭鷹在啼叫。月光將刨完薯的田裡鬆土映照得像用厚紙板揉成的山脈地形圖。小徑的一處覆蓋著荊棘，留下許多像是膠底運動鞋走過的痕跡。是三郎留下的腳印。

悅子走出竹叢盡頭，爬了一段斜坡，來到橡樹樹蔭下，從這裡可以就著月光環顧葡萄園那塊地。三郎雙手抱胸，呆立在玻璃幾乎全毀的溫室入口。

月光下，他那平頭烏黑的髮色，顯得格外鮮明。他沒有穿著外套，似乎對寒冷毫無感覺。他只穿了彌吉給他的那件手織灰色毛線衣。

一看見悅子，他頓時鬆開了交抱著雙臂，併攏腳跟，從遠處打招呼。

悅子走近了，卻說不出話來。

良久，她才環視了一下四周，說：

「找個地方坐好嗎？」

「嗯。溫室裡有椅子。」

絲毫沒有躊躇或羞怯。這使悅子大失所望。

他低頭鑽進了溫室。她也跟著走進去。屋頂幾乎全無玻璃，框架鮮明的影子、乾枯的葡萄和樹葉的影子，落在地板的鋪草上。任憑風吹雨打的小圓木椅子躺倒在地。三郎用揣在腰間的手巾把木椅仔細地揩拭乾淨，叫悅子坐下，自己則橫放下一個生鏽的汽油桶，坐在上面。但汽油桶椅子不穩，所以他像小狗般立起單膝，改在地板的鋪草上盤腿而坐。

悅子沉默不語。三郎拿起稻草，繞在手指上，發出了聲響。

悅子用迸發似的口吻說：

「我解雇了美代。」

三郎若無其事地抬頭望著她，說：

「我知道。」

「誰告訴你的？」

「從淺子夫人那裡聽說的。」

「從淺子那裡……」

三郎垂下頭，又將稻草繞在手指上；他不好意思迎視悅子驚愕的神情。

低下頭來的少年這副憂愁模樣，在悅子突然發揮想像力的眼裡，是他們被無情地拆散了，這一、兩天他雖然竭力佯裝爽朗，好不容易才抑制住這悲傷，在驚人的勇敢誠實和無與倫比的純樸中，卻隱藏著強烈的無聲抗爭。這無聲的抗爭，比任何粗暴的斥責都更刺痛人心。她依然坐在椅子上，深深地屈著身子。她心神不定。手指剛握緊又鬆開，用低沉而又熱切的聲音訴說；她的傾訴是如何竭力地壓抑激越的感情？可以從她聲音如欷噓般不時地間斷聽出來。而且，簡直像在生氣似的。

「請原諒。我很痛苦啊！只好這麼做。除此之外，別無其他辦法了。再說，是你說謊。你和美代明明那樣相愛，卻騙我說什麼你不愛她。我信了你的謊言，愈發痛苦了。為了讓你了解你讓我承受了你簡直察覺不到的痛苦，我認為有必要讓你也體會一下同等的、毫無緣由的痛苦。我忍受著多麼大的痛苦，你是想像不到的。如果可以從心中掏出來比較的話，我甚至願意把眼前你的痛苦與我的痛苦相比較，看看究竟是誰的痛苦更大。我實在太痛苦，無法控制自己，才去燒自己的手的啊。你瞧瞧。這是因為你啊。這燒傷都是因為你啊。」

月光下，悅子伸出帶傷疤的手掌。三郎像觸摸可怕的東西那樣，輕輕地摸了一下悅子挺直的手指，旋即又抽開了。

三郎心想：在天理也見過這樣的叫化子，他們顯示傷口、乞討別人的憐憫，實在可怕。少奶奶身上總有一些地方，類似自命清高的叫化子啊。

三郎甚至這樣想：想不到自命清高的原因，全跟她的痛苦有關。

至今三郎還不知道悅子愛著自己。

他想盡可能地從悅子拐彎抹角的告白中撿取自己好歹能夠接受的事實。眼前這位女子無疑十分痛苦。儘管她痛苦的深刻原因，別人無從知曉，但好歹是因為三郎，她才這麼痛苦。

必須安慰痛苦的人。只是，怎樣安慰才好呢？他不知道。

「沒關係。我的事，妳不必擔心。美代不在，短暫的寂寞，沒什麼了不起的。」

悅子揣測這並非三郎的本意，因此對這種離奇的寬大感到幾許驚訝；但她仍用懷疑的眼神，在這親切而單純的安慰中探索謙遜的謊言、隔閡的禮儀。

「你還在說謊嗎？自己和心愛的人硬被人家拆散了，還說沒有什麼，會有這種事嗎？我把所有心裡話都說出來，表達了歉意，你卻隱藏你的真心，還不想真誠地原諒我啊。」

在對抗悅子這種高深莫測的羅馬式固定觀念上，無法想像會有比三郎這種玻璃般單純的靈魂更束手無策的對手了。他不知所措，最後想道：悅子責怪的，歸根究柢是他的謊言。剛才她指責三郎的重大謊言、所謂「不愛美代」的謊言，如果能證明是真話，她就會安心了吧。他用斬釘截鐵的口吻說：

「沒說謊。真的，請妳不用擔心。因為我不愛美代。」

悅子不再欷歔，她幾乎笑了起來。

「又在說謊！又說這樣的謊言！你這個人啊，事到如今，以為用這種哄孩子的謊言就可以欺騙我嗎？」

三郎窮途末路了。面對這個說什麼都沒有用的女人，他實在棘手。除了沉默，再無計可施。

悅子面對這種沉默的體貼，才鬆了口氣。她聽到遠處傳來深夜載貨電車揚起的汽笛聲。

三郎忙著追尋自己的思考，哪還顧得上汽笛聲呢。

三郎心想：怎麼說少奶奶才會相信呢？不久前，少奶奶曾把愛或是不愛當作天翻地覆似的一樁大事，如今無論怎麼說，少奶奶都認定是謊言、不予理睬；對了，也許她需要證據。只要把事實說出來，她定會相信的吧。

他正襟危坐，欠了欠身，猝然鼓足勁說：

「不是說謊。我本來就不想娶美代為妻。在天理，我將這件事告訴家母了，家母從一開始就反對我的這門婚事，說為時尚早。我無論如何也說不出口，還是沒有把她已經懷孕的事說出來。家母繼續反對，她說，討這樣一個不稱心的女人當媳婦有什麼意思。還說，這種討厭女人的面孔，連瞧也不願瞧一眼，所以才沒來米殿，直接就從天理回老家去了。」

三郎拙嘴笨舌，說出了這番極其樸實的話，洋溢著一種難以言喻的真實感。悅子並不恐懼，她貪婪地咀嚼著夢中的愉悅般、隨時都會消逝、瞬間鮮明的喜悅。聽著聽著，她的目光閃爍，鼻翼顫動了。

她如醉似夢地說：

「為什麼不說呢？為什麼不早點說出來？」

接著又說：

「原來如此。沒有帶令堂來是由於這個緣故啊。」

她還說道：

「於是你回到這兒來，美代不在、反而更方便是嗎？」

這些話是一半含在嘴裡，一半吐露出來的。要將悅子自身執拗地、反覆出現的內心獨白，與說出口的喃喃自語做意識上的區分，並不容易。

夢中，樹苗在轉瞬間成長為果樹，小鳥有時會變成像拉車的馬一般巨大。悅子如同這樣的夢境，也會使可笑的希望突然膨脹為希望即將實現的影子。

悅子想道：說不定三郎愛的是我，我必須拿出勇氣來，必須試探他，不用害怕預測落空。倘使預測對了，我就幸福了。事情就是這麼簡單。

然而，不怕落空的希望，與其說是希望，莫如說是一種絕望。

「是嗎……那麼，你究竟愛誰？」悅子問道。

目前這種情況，也許就是聰明的女人會犯的錯誤：能夠連結兩人的不是語言，而是倘若她將手親切地搭在三郎肩上，萬事便會就緒了。這兩個異質的靈魂，透過手的互相摸挲，也許就能融合呢。

但是，語言像頑固的幽靈堵在兩人之間，三郎不懂悅子臉頰上明顯漾起的紅潮，只像被問到數學難題的小學生那樣，在這種提問面前有點畏縮了。

他彷彿聽到：「是愛……還是不愛……」

又來了！又來了啊！

對他來說，這乍看很方便的暗語，依然替他那種不預做規劃的輕鬆生活，帶來了多餘的意義，又為他今後的生活嵌上多餘的框架；不知為何，他只認為這是剩餘的概念。這種語言本身就像日用必需品，根據時間和場合，也可以作為生死的賭注。他沒有運營這種生活的房間。不僅沒有，連想像也不容易。況且，類似擁有這樣一間房的主人，為了消滅這房間，甚至可以做出放火燒掉整棟房子的愚蠢行為。對他來說，這是可笑至極。

年輕小夥子在少女身旁，自然會發展出這些事：三郎與美代接吻了、交合了，於是美代腹中孕育了幼小的生命。也不知為什麼，隨著自然的發展趨勢，三郎也厭倦了美代。形似兒童的遊戲變得頻繁起來。不過，至少誰都可以是這種遊戲的對象，不一定非美代不可。不，或許說厭倦有些欠妥當。對於三郎來說，事情已經發展到不一定非要美代不可的地步。人，總是不愛一個人就必然愛著另一個人，而愛著一個人就必然不愛另一個人，然而，三郎從不曾遵循這種理論來規範行動。

也因此，他又再度窮於回答了。

把這個純樸少年逼到這步田地的是誰？逼到這步田地並讓他這樣隨便應付回答的，又是誰的罪過？

三郎心想：不是憑感情，而是要仰仗世故教誨的判斷。這是從孩提起就靠他人吃飯長大的少年常見的解決問題辦法。

他這樣一想、看到悅子的眼睛示意：請說出我的名字吧——他馬上就領悟了。

三郎心想：少奶奶的眼睛溼潤了，看來她是認真的。我明白了，這個謎語的答案，大概是希望我說出少奶奶的名字吧。一定是那樣的吧。

三郎摘下身邊乾枯的黑色葡萄，一邊放在掌心上滾動，一邊垂著頭，直言不諱地說：

「少奶奶，是妳。」

三郎這種明顯在說謊的口吻，與這種與其說不是愛著、不如說是在宣告不是更公開地愛著的口吻，悅子直覺地認定，這種天真的謊言不一定需要冷靜的分析，於是深深沉湎在了幻境裡。這句話讓悅子精神一振，站了起來。

一切都結束了。

她用雙手理了理被夜氣浸涼了的亂髮，然後以沉著、毋寧說是理直氣壯的口氣說：

「好囉，我們也該回去了。明兒一早要啟程，我也得稍睡一會兒啊。」

三郎微微垂下左肩，不服氣似的站了起來。

悅子感到脖頸一陣寒冷，於是將彩虹色圍巾拉高。三郎看她的嘴唇在乾枯的葡萄葉陰影下，微微發出帶黑色的光澤。

迄今三郎疲於周旋的這個難以取悅、非常麻煩的女人，這時候他才覺得不時向上翻弄眼珠望著的悅子，不是女人，而是某種精神的怪物。不知為何他總覺得她是一團離奇的精神肉塊，時而苦惱、時而痛楚、時而流血，前一刻恍然下一刻便喜悅呼喚的、明顯的神經組織的硬塊。

然而，面對站起身來將圍巾拉高的悅子，三郎第一次感受到女人的氣息。悅子想離開溫室，但他展開胳膊，把她攔住了。

悅子轉身，像刺入三郎的眼眸般盯著三郎。

這時，就像小船的船槳在水藻叢生、暗影密布的水中撞上了他人的小船船底一樣，儘管隔著好幾層衣服，悅子也感受到他結實的手臂，就貼在自己柔軟的胸脯上。

即使被她凝視，三郎也不畏縮了。他微微顫動地張開嘴巴，卻沒有發出聲音，讓她放心似的快活微笑了，連他自己也沒有察覺，他幾次敏捷地眨了眨眼睛。

這時候的悅子所以一言不發，難道是因為她好歹領悟到語言的無力了嗎？難道是因為好不容易才確實抓到了絕望、不能撒手，就像一度望見懸崖深淵的人被它迷住了、無法考慮其他的事情？

悅子被一味迂迂迴迴的、年輕而快活的肉體壓著，肌膚都被汗水濡濕了。一隻草鞋脫下，翻過來落到了地上。

悅子反抗了。為什麼要這樣抵抗？她自己也不知道。總之她簡直像著了魔似的在抵抗。三郎的雙臂從她背後伸進兩脅下，緊緊地摟住她不放。悅子拚命躲閃的臉，嘴唇和嘴唇很難相合；三郎焦灼萬分，腳跟站不穩、被椅子一絆，一邊膝蓋碰在稻草上。悅子趁機掙脫他的摟抱，跑出了溫室。

悅子為什麼叫喊？悅子為什麼呼救？她在呼喚誰的名字？除了三郎，她想如此熱切呼喚的名字在哪兒？除了三郎，能拯救她的人在哪兒？儘管如此，她為什麼呼救？呼救又會怎麼樣？在哪兒？走向哪兒？……從哪兒被救出來、送到哪兒，悅子心中有數嗎？

三郎在溫室旁邊叢生的芒草中緊追著悅子不放，最後把她按倒在地。女人的軀體深深地落在芒草叢中。兩人被芒葉劃開口子的手，滲出了血與汗。兩人卻全然沒有察覺。

三郎臉上泛起了紅潮，滲出的汗珠閃閃發亮。悅子一邊近看他的臉，一邊在想：人世間還有比因衝動而煥發的美、因熱望而光彩奪目的年輕人的表情更美的東西嗎？與這種思緒相反，她的身體還在抵抗。

三郎以雙臂和胸脯用力按住了女人的身體，簡直像戲弄似的用牙齒將黑綾子大衣上的釦子咬掉。悅子處在半無意識的狀態。她以洋溢的愛，感受到自己的胸脯上滾動著一個又大又沉重的、活動的頭。

儘管如此，這一瞬間，她還是呼喊了。

在被這聲尖叫嚇到前，三郎就醒了。他敏捷的身體立即想要逃跑。沒有任何理論或感情上的依據，牽強地說，就像直覺生命有危險的動物一樣，考慮了逃跑。於是他離開她的身體站了起來，朝著杉本家相反的方向逃跑了。

這時，悅子湧起驚人的強韌力量，從剛才的半失魂狀態中敏捷地起身，追上三郎纏住不放。

「等等！等等！」她呼喊道。

愈呼喚，三郎就愈要逃跑。他邊跑邊掰開纏在自己身上的女人的手。悅子用盡渾身力氣，緊緊抱住他的大腿，被他拖著走。在荊棘中，她的身體被拖了近兩公尺遠。

另一方面，彌吉忽然驚醒，發現悅子不在身旁的臥鋪裡。他受到預感的折磨，走到三郎的寢室，發現那裡的臥鋪也空盪盪的。窗下的泥地留下了鞋子的痕跡。

他走下廚房，看見廚房的木板門敞開著，月光直射進來。從這裡出去，不是到梨樹林，就是往葡萄園，別無其他去處。梨樹林的地面，彌吉每天整理、覆上鬆軟的泥土，所以他決定走通往葡萄園的路。

剛要去又折了回來，拿起立在倉庫門口的鋤頭。這沒有什麼深奧的動機，也許只是為了防身吧。

來到竹叢盡頭時，彌吉聽見悅子的悲鳴。他扛著鋤頭跑過去。三郎逃不開，回頭望見衝自己跑來的彌吉，他一時猶豫，站住了。他喘著氣，等著彌吉來到自己面前。

悅子感到企圖逃跑的三郎頓時失了力氣，納悶地站起身。她沒有感到渾身疼痛。她察覺身邊有人影——是依然穿著睡衣的彌吉。他已經將鋤頭放下，敞開的睡衣衣襟露出的胸膛劇烈地起伏著。

悅子毫無畏懼地迎視彌吉的眼睛深處。老人的身體在發顫。他經受不了悅子的視線，垂下眼簾。這種軟弱無力的躊躇激怒了悅子。她從老人手中奪過鋤頭，向什麼也沒在想、毫不理解地呆然佇立在她身邊的三郎肩膀揮去。沖洗得乾乾淨淨的亮白鋤頭鋼刃沒有落在肩膀上，反而將三郎的脖頸擊裂了一個口子。

年輕人的喉嚨發出微弱、壓抑住的呼喊。他向前搖晃了幾步，第二次的打擊斜落在他的頭蓋骨上。三郎抱頭倒了下去。

彌吉和悅子凝望著還在微暗中蠕動的身軀，站著沒動。而且兩人的眼睛什麼也沒在看。其實，不過是數十秒鐘的瞬間，恍如陷入無邊的漫長沉默後，彌吉開口道：

「為什麼要殺他？」

「因為你不殺他。」

「我不想殺他呀。」

悅子用瘋狂的目光回看了彌吉一眼，說：

「說謊！你想殺他！我剛才就等著你行動。除非你把三郎殺了，否則我就不可能得救。你卻猶疑、卻戰慄，毫無自尊地戰慄了。在這種情況下，我只好代替你把他殺死。」

「欸，妳呀，想把罪過推到我身上。」

「誰推給你！我明天一早就去警察局自首。我一個人去。」

「何必著急呢。還有很多可以想的辦法嘛。不過，話又說回來，妳為什麼非把這傢伙殺死不可？」

「因為他折磨我。」

「可是他沒有罪。」

「沒有罪?!哪有這等事。這種下場，是他折磨我的必然報應。誰都不許折磨我。誰都不能折磨我。」

「不能？誰規定的？」

「我。一經決定的事，我就絕不容許改變。」

「妳這個女人真可怕。」

彌吉似乎這才發現自己不是沒有本事，放心地鬆了口氣。

「明白嗎？絕對不要焦急。慢慢想出個處置辦法吧。處理之前，讓人發現這傢伙，就不好辦囉。」

他拿過悅子手中的鋤頭。鋤把讓四濺的血濡濕了。

彌吉後來做的事很奇怪。這裡有片早已收割完畢、泥土鬆軟的旱田，他像深夜耕耘的人，在這旱田上勤勞地挖起洞來。

挖一個淺淺的墓穴，花了相當長的時間。這期間，悅子只是坐在地上，凝視著趴在地上的三郎的屍體。他的毛衣稍向裡捲，脊背表面從跟毛衣一起內捲的襯衣下露出來，肌肉呈現蒼白的土色。埋在草叢中的側臉彷彿在笑，因為從那痛苦得扭曲了的嘴裡，可以窺見他那排尖銳潔白的牙齒。腦漿流淌出來的額頭下方，眼簾深陷似的緊緊閉上。

彌吉刨掘完畢，來到了悅子身旁，輕輕拍了拍她的肩膀。

屍體上半身全是血，沒辦法抓。彌吉抬起屍體的雙腳，從草地上拖走。就是在夜裡，也可以看見草上點點滴滴地劃出了一道黑色的血跡。仰著臉的三郎，頭部碰上地面的坑坑窪窪或石頭時，好幾回看起來像在點頭。

兩人匆匆往橫躺在淺墓穴裡的屍體上埋了土。最後只剩下半張著的嘴、閉著眼睛的笑臉。月光將他的前齒照得閃亮，潔白無比。悅子扔下鋤頭，把手中的鬆土撒在他口中；鬆土灑落在黑色洞穴般的口腔裡。彌吉從旁用鋤頭把大量泥土攏過來，覆蓋住屍體的臉。

埋上厚厚的土層之後，悅子用穿著布襪子的雙腳，把上面的土踩實了。土的鬆軟性使她油然生起一股親切感，彷彿她的雙腳就踩在肌膚上那樣。

這期間，彌吉細心地查看地面，一一將血跡抹掉。蓋上泥土。然後又踩過一遍，消滅痕跡……

兩人在廚房裡將沾上血和泥土的髒手洗淨，悅子脫下濺了大量血跡的大衣、脫掉布襪子，找出一雙草鞋穿上，並走向彌吉。

彌吉的手抖個不停，沒辦法舀水。悅子毫不發抖，她舀了水，細心地將在流到水槽裡的血水沖洗乾淨。

悅子拿起揉成一團的大衣和布襪子先走開了。她感到被三郎拽著走時，擦傷的地方有點疼痛。儘管如此，這還不是真正的疼痛。

瑪基在叫。這聲音也在須臾之間戛然而止了。

……睡眠突然像恩寵似的襲擊了就寢的悅子。該作如何比喻呢？彌吉驚呆地聽著身旁悅子的鼾聲。這是長期的疲勞、無邊無際的疲勞，比剛才悅子所犯的罪更摸不著邊際的莫大疲勞……毋寧說是為了達成某種目的、從積累無數勞苦記憶組成的、滿足的疲勞……如果不是作為這種疲勞的代價，人們又怎能擁有這種擺脫煩惱的睡眠呢。

……也許是悅子第一次獲准有這樣短暫的安閒，之後她醒了過來。四周一片漆黑。掛鐘陰鬱而沉重地嘀嗒作響，一秒一秒地流逝。她身邊的彌吉難以成眠，還在發抖。悅子也不想出聲。她的聲音不會傳到任何人的耳膜裡。她強睜開眼睛，投向漆黑中。什麼也沒看見。

可以聽見遠處的雞鳴。此刻距天明還早。雞的鳴叫遙相響應；遠處不知是哪兒的一隻雞鳴，另一隻雞也呼應地鳴叫起來。又一隻啼鳴，還有另一隻呼應。深夜雞鳴沒完沒了地相互呼應著。雞的鳴聲還在持續，永無休止地持續……

……然而，什麼事也沒發生。

三島由紀夫文集 2

愛的饑渴
愛の渇き

作者　三島由紀夫（みしま ゆきお）
譯者　唐月梅
副社長　陳瀅如
總編輯　戴偉傑
編輯　謝　晴
行銷企劃　廖祿存
電腦排版　極翔企業有限公司

出版　木馬文化事業股份有限公司
發行　遠足文化事業股份有限公司（讀書共和國出版集團）
地址 231新北市新店區民權路108之4號8樓
電話 02-2218-1417　傳真 02-2218-0727
email: service@bookrep.com.tw
郵撥帳號 19588272 木馬文化事業股份有限公司
客服專線 0800221029
法律顧問　華洋國際專利商標事務所 蘇文生 律師
印刷　成陽印刷股份有限公司
二版1刷　2018年7月
二版3刷　2024年5月
定價　新台幣290元

ISBN 978-986-359-569-4

國家圖書館出版品預行編目(CIP)資料

愛的饑渴 / 三島由紀夫著；唐月梅譯. -- 二版. -- 新北市：木馬文化出版：遠足文化發行, 2018.07
216面；13×18公分. --（三島由紀夫文集；2）
譯自：愛の渇き
ISBN 978-986-359-569-4（平裝）

861.57　107010556